ŒUVRES

DE MONSIEUR

DE CAMPISTRON,

DE L'ACADEMIE FRANÇOISE.

NOUVELLE EDITION.

TOME PREMIER.

ŒUVRES

DE MONSIEUR

DE CAMPISTRON,

DE L'ACADEMIE FRANÇOISE.

NOUVELLE ÉDITION,

Corrigée & augmentée de plusieurs Pieces qui ne se trouvent point dans les Editions précédentes.

TOME PREMIER.

J. Le Grand Sc.

A PARIS,

Par la Compagnie des Libraires.

M. DCC. L.

Avec Approbations & Privilége du Roy.

NOMS DES LIBRAIRES.

La Veuve de PIERRE GANDOUIN, Quay des Augustins.

HUART & MOREAU, rue S. Jacques.

NYON fils, Quay des Augustins.

BORDELET, rue S. Jacques.

PRAULT fils, Quay de Conty.

GANEAU, rue S. Severin.

CHAUBERT, Quay des Augustins.

BARROIS, Quay des Augustins.

DAMONNEVILLE, Quay des Augustins.

DURAND, rue S. Jacques.

GRANGÉ, au Palais.

ROBUSTEL, Quay des Augustins.

PISSOT, Quay des Augustins.

BROCAS, Quay de Conty.

AVERTISSEMENT

AVERTISSEMENT DE L'EDITEUR.

ON n'a point encore vu jusques ici d'Edition complette, ni presque supportable des Oeuvres de feu M. de Campistron. Le grand nombre qu'on en a fait en France & dans les Pays étrangers, a multiplié les fautes, que les occupations de l'Auteur, bien différentes depuis 1688, jusqu'à sa mort, de celles du Parnasse, avoient laissé dans ses Ouvrages. Son dessein, on l'a entendu plusieurs fois de sa bouche, étoit de retoucher toutes ses Pieces, & de les rendre plus dignes de l'impression. Il n'a pu l'exécuter. Le bruit des Camps, le tumulte des longues guerres, auquel feu Monseigneur le Duc de Vandôme l'attachoit, a rompu toutes ses mesures; & fait évanouir toutes ses résolutions. Il n'est donc pas surprenant que ce nombre d'Editions faites à son insçu & en son absence, soient toutes informes & mal digérées. On doit aussi être peu étonné de certaines négligences dans le ſtile, qu'on remarque dans quelques-unes de ſes Pieces. L'Auteur n'a jamais eu le temps de les perfectionner.

L'Edition qu'on préſente a tous les avantages qu'on peut deſirer. On a eu ſoin de raſſembler toutes les Pieces imprimées dans le temps des repréſentations. Ce ſont ordinairement les plus correctes. Il eſt à ſuppoſer qu'elles ont été faites ſous les yeux de l'Auteur. On y a joint les Epîtres dédicatoires & les Préfaces qui manquent à toutes les autres. On y a raſſemblé quelques petits Ouvrages qui n'ont point paru. L'Ode ſur la priſe de Philiſbourg par feu Monſeigneur le Dauphin, Ayeul du Roi, eſt de ce nombre. Elle fut compoſée ſous les tentes & pendant le Siége. On ne dira rien de quelqu'autres Poëſies qu'on trouve ici.*

On a cru qu'il étoit indiſpenſable d'ajouter un Mémoire déjà imprimé, qui contient quelque détail ſur la Vie & les Ouvrages d'un Auteur aimable. Tous ceux, qui même pendant qu'il vivoit encore, & depuis qu'il eſt mort, ont

* Elle ſe trouve dans le Recueil des Vers faits ſur la Campagne de Monſeigneur le Dauphin, 1688, chez Guerout.

parlé de lui, l'ont fait d'une maniere peu convenable. Il a paru juste de détromper le Public sur les impressions désavantageuses que tous ces différens écrits pourroient donner aux Lecteurs qui n'ont jamais connu M. de Campistron.

Pourroit-on trouver mauvais qu'on ait inséré quelques réponses faites en divers temps, aux Critiques d'Alcibiade & de Tiridate ? On ne sçauroit le penser. S'il a été permis d'attaquer un Auteur ; il ne doit pas être défendu à ceux qui prennent part à sa gloire, de repousser des Critiques aussi malignes, que presque par-tout mal-fondées.

*On a cru qu'on ne devoit pas réimprimer les Opéras de Galatée, d'Achille & d'Alcide. Ils ont cependant dans leur genre, leurs beautés particulieres. On auroit voulu recouvrer l'Idille d'Anet, Piece lirique *, mise en musique par M. de Lully l'aîné, & qui fut exécutée à Anet avec succès devant Monseigneur le Dauphin. Les exactes recherches qu'on a fait pour trouver cette petite Piece, ont été inutiles. En*

* Voyez l'Histoire du Théatre de France, Tom. 13, page 312.

voici un léger phragment. Il fait regretter le reſte.

Chaque inſtant me découvre en elle,
Quelque beauté nouvelle.
Des plus charmans Bergers, elle attire les vœux :
Mais elle eſt encor plus fidelle
Que belle.
Dieux tous puiſſans ! Jugez ſi mon ſort eſt heureux.

La Tragédie de Pompéia qu'on joint à cette Edition, & qui n'a jamais été ni repréſentée, ni imprimée, a été trouvée après la mort de l'Auteur. Le petit Avertiſſement qui eſt à la tête de la Piece, en apprendra la fortune aux Lecteurs.

M. Gourdon de Bacq, Gentilhomme Toulouſain, & parent de feu M. de Campiſtron, s'étoit chargé par zele pour la gloire de cet illuſtre Auteur, de préſider à la nouvelle Edition de ſes Oeuvres. Perſonne n'étoit plus capable que lui de corriger les fautes des Editions précédentes, & de ſubſtituer ce qui pouvoit manquer pour la juſteſſe de l'expreſſion ; & même de redonner de la force à quelque négligence de ſtile. Ceux qui l'ont connu, ſçavent combien il avoit de connoiſſance & de gout dans toutes les matieres d'érudition, & sur-tout dans ce qui regarde tout genre de Poësie : par conséquent sa mort arrivée sur la fin de l'année 1749, doit être regardée comme un malheur dans la république des Lettres. Il a prié en mourant M. de Bonneval, l'un de ses fidéles amis, de faire pour la gloire de M. de Campistron, ce qu'il avoit entrepris. Cet ami a bien hérité de son zele, mais non de ses lumieres, & de sa sagacité. Ainsi il s'est contenté de donner ses soins pour que l'impression fut correcte, sans oser hazarder le plus léger changement. Ce sont les Ouvrages de M. de Campistron tels qu'il les a donnés. Les Lettres critiques qu'on trouvera dans cette Edition, en réponse de quelques Critiques contre M. de Campistron, étoient faites & approuvées du Censeur lorsqu'on lui a remis le manuscrit. On doit ne regarder quant à ce point, le nouvel Editeur que comme un dépositaire fidéle, qui ne veut entrer pour rien dans cette petite guerre. Il ne prend parti que pour la défense de ce vers tant de fois attaqué :

Il est comme à la vie un terme à la vertu.

parce qu'il l'a toujours regardé comme la pa-

raphrase naturelle de cette expression de l'Ecriture.

Qui amat periculum peribit in illo.

Au reste, le nouvel Editeur profite de cette occasion légitime pour rendre à feu M. Gourdon de Bacq les hommages publics qu'il a cru devoir à son esprit, à son discernement, à ses lumieres, & encore plus aux sentimens du cœur le plus droit & le plus sincere qu'il ait connu. Le grand nombre d'amis qu'il avoit dans tous les ordres applaudira à ce témoignage que lui rend l'amitié.

MEMOIRE SUR LA VIE & les Ouvrages de Monſieur DE CAMPISTRON.

LE Mémoire qu'on joint à cette Edition, a été déjà imprimé dans les Obſervations ſur les Ecrits Modernes (*a*). Le Pere Niceron (*b*), les Auteurs de la Bibliotheque Françoiſe, M. Godard de Beauchamps, dans ſon Livre des Recherches du Théatre, donnerent lieu à cette explication.

On s'en feroit tenu-là, ſi en dernier lieu l'Auteur de l'Hiſtoire du Théatre François, en rapportant en différens endroits de ſon douzieme & treizieme Volume (*c*), pluſieurs lambeaux de cet écrit, n'eût adopté quelque partie des erreurs de ceux qui l'ont précédé. Ce ſont des faits peu hono-

(*a*) Tom. III. pag. 306.
(*b*) Tom. III. pag. 46.
(*c*) Voy. le Journal de Trevoux, Avril 1749.

rables à celui dont il parle. C'est ce qui oblige des personnes à qui la mémoire & la Famille de feu M. de Campistron, sont cheres, à ajouter quelques petites notes à ce Mémoire. On y change d'ailleurs peu de chose.

On ne croit faire aucun tort, on ne prétend point déprécier l'Auteur de l'Histoire du Théatre François, dont on loue très-sincérement le travail. Il est rempli de recherches, d'anecdotes, de faits intéressans & curieux. On y joint une critique fine & délicate, quelquefois scrupuleuse. Enfin, l'Ouvrage est tourné d'une maniere très-agréable.

Jean-Galbert de Campistron naquit à Toulouse vers le milieu du dernier siécle, d'une Famille noble, sortie du pays d'Armagnac, établie depuis près de deux cens ans dans cette Ville. Arnaud de Campistron y fut fait Capitoul en 1584. La premiere Noblesse se faisoit dans ce temps là honneur d'être appellée à cette place. Léonard de Campistron fut fils d'Arnaud. Louis de Campistron, fils de Léonard, fut pere de Jean Galbert L'Ayeul & le pere de Jean-Galbert, occupoient la Charge de Procureur Général des Eaux & Forêts près le Parlement de Toulouſe. Bernard de Campiſtron, frere de Jean-Galbert, eſt aujourd'hui en poſſeſſion de cette même Charge.

Une affaire de jeuneſſe obligea les parens de M. de Campiſtron de l'envoyer à Paris. Il avoit été bleſſé dangereuſement dans un combat ſingulier. Il projettoit un mariage avec une Demoiſelle de ſa condition. Trop jeune pour un établiſſement ſolide, il fallut le faire voyager.

M. de Campiſtron s'apperçut à Paris du talent qu'il avoit pour la Poëſie (*a*). Il fut aſſez hardi, comme il le dit lui même, pour donner ſa Tragedie de Virginie. Le ſuccès, ajoute-t il, en fut médiocre. Elle ne fut jouée que quatorze fois. Cependant il nous apprend dans la même Préface, que l'accueil qu'on avoit fait à ce coup

(*a*) Il eſt certain qu'avant ce voyage, on n'a vu aucun Vers de cet Auteur. Donc les réprimandes de ſes Parens pour ce ſujet, étoient très-inutiles.

d'effai, n'avoit pas dû le décourager. Il faut remarquer que prefque dans le même temps qu'on jouoit cette Tragédie, M. de la Chapelle avoit fait jouer Telephonte. Madame la Ducheffe de Bouillon (*a*) qui faifoit alors le deftin de ces fortes d'Ouvrages, s'étoit déclarée pour Telephonte. Avec cette illuftre protection, la Piece ne fut repréfentée que douze fois.

M. de Campiftron donna peu de temps après Arminius. Il dédia cette Piece à Madame la Ducheffe de Bouillon. L'Epître en Vers a été confervée Cette Princeffe pris fous fa protection (*b*) la Piece & l'Auteur. Arminius eut un très-grand fuccès. Andronic & Alcibiade fuivirent de près Arminius. Pour n'être pas trop long, on ne racontera pas des faits bien glorieux pour notre Auteur. Il fuffit d'apprendre que ces Pieces, & furtout Andronic, lui procurerent l'honneur d'être regardé par

(*a*) Marie-Anne Mancini.

(*b*) On ne voit pas ce que produifit à l'Auteur cette protection. Qu'entend t'on par cette reflexion ? Un fordide intérêt eft-il toujours le but auquel les honnêtes gens doivent vifer ?

Madame la Dauphine de la Maiſon de Baviere, qu'elle l'honora de ſa protection ; & qu'elle eut la bonté de l'admettre parmi les perſonnes diſtinguées, qui par leur rang, ou leur mérite, étoient aſſez heureuſes pour s'attirer la bienveillance de cette grande Princeſſe. A la premiere repréſentation d'Andronic à la Cour, feu M. le Duc de Villeroi, & trois autres Seigneurs, porterent l'Auteur, ſi l'on peut parler ainſi, à la loge de la Princeſſe, qui ſouhaitoit de le voir. Andronic & Alcibiade lui furent dédiés.

Phocion, quelque bonté qu'ait la Piece, fut peu ſuivi. M. de Campiſtron en donnant Phraate, eut beſoin de la protection de Madame la Dauphine, pour en faire ceſſer les repréſentations, quoique très-applaudies. On ne diſoit pas, lui a-t on ſouvent entendu dire, que je fiſſe mal des Vers, on diſoit que je me ferois mettre à la Baſtille. Il y avoit dans la Piece des peintures & des incidens, qui ne convenoient pas à ces temps-là. Cette Tragédie n'a jamais été imprimée. Elle eſt abſolument perduë. Aétius, que les Comédiens de campagne avoient adopté, a eu le même sort (*a*). Le succès en avoit été équivoque. Adrien, Tragédie Chrétienne, fut peu suivie. Les intérêts en sont grands, les situations théatrales bien amenées, la versification noble & chäriée, le sujet bien disposé. Malgré ces avantages, la Piece se soutint peu. M. de Campistron, accuse on ne sçait quel Auteur (*b*), de la froideur qu'on témoigna pour cet Ouvrage.

Tiridate & le Jaloux désabusé, sont les deux derniers Poëmes dragmatiques que notre Auteur ait donné au Public. Tiridate est trop connu pour en parler ici (*c*). Le Jaloux désabusé, est un chef-d'œuvre en son genre. Les quatre premiers Actes sont très-brillans. La Piece est noblement écrite. Pas un mot qui puisse blesser la plus exacte honnêteté.

(*a*) Aétius est aussi perdu. Les représentations n'en furent pas interrompuës comme celles de Phraate. Il faut parler bien nettement.

(*b*) On en nomme trois célebres. On ne peut pas dire que l'anecdote soit bien sûre.

(*c*) On en rapporte une Critique qu'il seroit aisé de repousser.

L'Amante Amant, Comédie en prose en cinq Actes, que l'Auteur a constamment désavouée, est une ingénieuse bagatelle. Des piques assez ordinaires entre les Comédiennes, firent éclore cet Ouvrage. On avoit joué une Comédie, où une Comédienne (*a*) n'avoit pas joué le principal rôle habillée en homme. Elle se piquoit d'avoir la jambe belle. M. de Campistron pour la consoler, fit l'*Amante Amant*, en quinze jours. L'Actrice y parut avec avantage en habit de Cavalier. La Piece eut un grand succès. L'Auteur, & avec raison, la trouvoit trop libre. On n'a pas été depuis si scrupuleux.

On joint à cette Edition, la Tragédie de Pompéia. On peut voir dans l'Avertissement qui est à la tête de cette Piece, & sa fortune, & les raisons qu'on a cru avoir de la donner au Public.

(*a*) C'étoit Mademoiselle Raisin, & non Mademoiselle Guiot. Fait certain. Il étoit alors logé chez Raisin. On insinuë que Campistron en étoit utilement secouru. Circonstance injurieuse. Outre ce qu'il recevoit de sa Famille, qui étoit en état de l'entretenir, il tiroit beaucoup de ses parts d'Auteur, quand on jouoit de ses Tragédies.

Dans l'intervale des douleurs dont M. de Campiſtron étoit travaillé ſur la fin de ſa vie, il s'amuſoit à compoſer une Tragédie. Il l'a nommoit *Juba*. On n'en ſçait que ces deux vers. C'eſt Juba qui parle :

Tu verras que Caton loin de nous ſecourir,
Toujours fier, toujours dur, ne ſçaura que mourir.

Voilà le Poëte. Voici l'homme du monde; de la naiſſance, une grande éducation, beaucoup d'eſprit, une figure noble & agréable (*a*). Qu'on s'étonne ſi avec ces qualités acquiſes & naturelles, M. de Campiſtron a mérité la louange ſi délicate, pour parler avec un galant homme de l'antiquité (*b*), d'avoir plû aux Grands. M. le Prince de Conti mort en 1686, voulut avoir Campiſtron chez lui. Il fut Secretaire de ſes Commandemens. Après la mort de ce Prince, des circonſtances heureuſes le firent connoître à feu M. le Duc de Vendôme (*c*). C'eſt à ce Prince que notre

(*a*) Sa taille n'étoit pas au-deſſous de la moyenne.

(*b*) *Principibus placuiſſe viris, non ultima laus eſt*. Hor.

(*c*) L'Opera de Galatée qu'il fit pour la fête que

Auteur a dévoué trente années de ses services. Il a été honoré de son intime confiance. Il s'est souvent trouvé à ses côtés, dans les occasions où le courage du Prince entraînoit tous ses Serviteurs (*a*). A Stinkerque M. de Vendôme qui faisoit des prodiges, le voyant près de lui, lui demanda; que faites-vous ici? Campistron lui répondit froidement, Monseigneur, voulez-vous vous en aller? Le Prince a bien badiné dans les suites de cette réponse. Les Auteurs qui forcent à produire ce Mémoire, parlent de la retraite de M. de Campistron en gens mal informés. Rien n'est moins vrai que la prétenduë ingratitude dont on le noircit. Un mariage, des infirmités & autres circonstances de cette nature empêcherent, & non d'autres causes, que Campistron ne suivît en Espagne le grand Prince qu'il servoit depuis si long-temps.

M. le Duc de Vendôme donna à Anet à feu Monseigneur le Dauphin, valut cette utile & illustre protection à notre Auteur. Le Prince lui fit offrir mille écus, & non cent louis. Il n'eût pas besoin du conseil de deux Comédiens pour refuser cette somme.

(*a*) Il étoit Secretaire des Commandemens & Aide de Camp de M. de Vendôme.

M. de Campiſtron ſe maria en 1710, avec Mademoiſelle de Maniban-Cazaubon, ſœur de M. l'Archevéque de Bourdeaux, & couſine germaine de M. de Maniban, Premier Préſident au Parlement de Toulouſe. Il y a eu ſix enfans de ce mariage. L'aîné eſt mort après avoir fait les dernieres Campagnes d'Italie de la guerre de 1734. Il étoit dans le Régiment de Condé. Le ſecond, Capitaine de celui d'Agénois; & avant cela dans la Compagnie des Mouſquetaires du Fauxbourg S. Antoine, eſt retiré & marié. Le troiſieme mort fort jeune. De trois filles que M. de Campiſtron a laiſſé, l'aîné a épouſé M. Ginglins, de Cane, de Montconſeil, Commandant un Bataillon du Régiment de la Marine. La ſeconde, un Conſeiller au Parlement de Toulouſe, morte. La troiſieme eſt encore à marier.

M. de Campiſtron mourut preſque ſubitement d'un abſcès au poumon (*a*) en ve-

(*a*) Il y avoit très long-tems qu'il ſentoit les approches de ce mal. La querelle avec des Porteurs-de-chaiſe. Sa groſſeur; elle n'étoit aſſurément pas énorme. Les coups de canne, on ne lui en a jamais vu porter.

nant

nant de dîner chez M. l'Archevêque de Toulouse le 11 Mai 1723. Les Auteurs cités, ajoutent des circonstances particulieres à ce triste évenement. Ils ont tous voulu sans doute égayer leur matiere.

On ne dit rien ici de ses trois Opera. Acis & Galatée, Achille & Alcide. Ils ont leur mérite particulier. Notre Auteur n'a laissé en mourant qu'une fortune médiocre (*a*). Quel préjugé pour le désintéressement de ce Gentilhomme !

Il avoit été honoré par le Roi d'Espagne Philippe V. de l'Ordre de S. Jacques, de l'Epée, & d'une Commanderie de cet Ordre (*b*). Ce fut aux Champs de Luzzara après la Bataille. M. le Duc de Mantoue lui avoit donné le Marquisat de Penango dans le Montferrat (*c*). Il étoit Secretaire des Galeres & des Commandemens de feu M. le Duc de Vendôme, de l'Académie Françoise, & de celle des Jeux Floraux. La Ville de Toulouse sa

(*a*) Et non celle dont on lui fait présent.

(*b*) Il fournit ses preuves de Noblesse.

(*c*) Vendu à M. le Marquis Mossi.

Patrie, a fait placer ſon Buſte dans la Galerie des Hommes illuſtres de ſon Hôtel. On lit au-deſſous du Buſte ces Vers Latins. Ils ſont du Pere Vaniere, Jéſuite, Poëte Latin fameux.

Hic tragicis peperit decus immortale Camœnis.
Sed tamen illa fuit laudum poſtrema, virique,
Qui mores novere probos, pietatis & æqui
Pectus amans, rerumque capax; & ad omnia promptum
Officia ingenium; vix laudavere Poetam.

LETTRE *écrite aux Auteurs* (a) *du Mercure à Paris le* 20 *Septembre* 1721, *sur la Tragédie d'Alcibiade.*

On vient, Messieurs, de m'apporter votre Mercure (*b*) de Juin & de Juillet. J'en ai lû la Préface, & j'ai parcouru le Livre. Comme je n'avois depuis longtemps jetté les yeux sur des Ouvrages de cette nature, j'ai remarqué avec plaisir dans l'article des Théatres, cette longue süite d'affiches de toute espece, dont vous avez enrichi votre Recueil. L'heureuse découverte ! Elle n'est à la vérité, ni intéressante ni instructive : mais elle m'a paru très-propre à remplir les lacunes de votre écrit.

En effet, Messieurs, fut-il jamais un plus

(*a*) Voy. L'Histoire du Théatre de France. On y rapporte partie de cet écrit.

(*b*) On trouve cette Lettre dans le septieme Volume de la Bibliotheque Françoise, imprimée chez Frédéric Bernard à *Amsterdam*, Tome VII. page 20. & suivantes.

riche fond ? Cultivez-le avec ſoin. On vous dira peut-être, qu'il y a quelque difformité à trouver Meſſieurs Baron & Thevenard, Meſdemoiſelles le Couvreur & Antier confondues avec le miſérable qui amuſe la populace à la Foire. Les éloges que vous diſtribuez libéralement & ſans diſtinction à toute ſorte d'Auteurs, d'Acteurs, & de Spectacles, ne ſeront pas peut-être du gout de tout le monde: mais qu'importe le Mercure doit être doucereux. En louant indifféremment & à toute outrance tout ce qui paſſe par vos mains, vous ſuivez préciſément la route que vos prédéceſſeurs vous ont tracé ; & j'avouë que je n'aurois jamais ſongé à vous écrire, ſi vous aviez voulu vous en tenir au panégyrique.

Mais, Meſſieurs, vous avez été plus loin ; je vous vois attachés à décréditer un Ouvrage pour lequel j'ai toujours eu une furieuſe prévention ; un Ouvrage qu'une poſſeſſion de plus de trente années ſembloit avoir mis hors d'inſulte : un Ouvrage enfin qui peut être eſt le plus achevé qu'on ait vu ſur nos Théatres ; depuis qu'on a perdu ces grands hommes qui ont fait les délices du siécle de Louis XIV. & qui ont tant contribué au plaisir & à la gloire de la Nation. Mon amour propre s'est soulevé contre l'injustice de votre Critique. Je me suis cru obligé de joindre à la défense d'un Auteur respectable & vivant, celle du jugement du Public, & celle de mes sentimens particuliers.

Vous m'entendez, Messieurs, & vous jugez bien que je parle de l'Alcibiade : souffrez que je fasse l'extrait de votre Mercure, dans lequel cette Piece est si maltraitée.

Vous nous donnez une liste exacte des Pieces de Durier, en parlant de son Scevole, dont vous rapportez de longs fragmens pour grossir votre volume. Vous ajoûtez que Richelet a dit, que Durier travailloit pour du pain. On pourroit vous demander, quel motif vous engage à faire le Mercure ? Mais pourquoi cette puérile circonstance ? Durier n'est pas le seul homme de mérite, que la fortune n'a pas favorisé. Vous ajoutez, que nos Modernes ont fourragé dans Durier. Il n'y a, dites-vous, pour s'en convaincre par un ſeul exemple, qu'à voir l'Alcibiade ; ce n'eſt qu'une copie du Thémiſtocle de Durier, duquel l'Auteur d'Alcibiade a tranſcrit mot-à-mot des ſuites entieres de Vers.

Si vous vous étiez ſouvenus de votre Préface, vous n'auriez pas hazardé une déciſion ſi téméraire. Vous nous aviez promis que vos critiques ſeroient rares, honnêtes & ſupportables; vous ne deviez prononcer qu'avec connoiſſance de cauſe, & avec les ménagemens que la bienſéance demande. Comparez vos promeſſes avec le jugement que vous portez, & voyez ſi vous tenez parole.

Oui, Meſſieurs, je le ſoutiens avec confiance. J'ai les deux Pieces ſous mes yeux (*a*). Le Thémiſtocle & l'Alcibiade ne ſe reſſemblent en preſque aucune de leurs parties. Le fond du ſujet des deux Tragédies eſt la retraite de ces deux illuſtres Athéniens en Perſe. Plutarque a écrit

(*a*) Voy. Obſervations ſur les Ecrits Modernes, Tome 20, pag. 134. & ſuiv.

leurs Vies, & a fourni la matiere des deux Poëmes. Les deux sujets ont maniés différemment. D'ailleurs (& ce n'est pas une nouveauté au Parnasse;) le même sujet peut être traité par différens Auteurs. Les deux Corneilles & Racine nous en fourniroient au besoin des exemples.

Je ne veux pas faire une profonde analyse de ces deux Ouvrages, ils sont entre les mains de tout le monde. Ribou a imprimé en 1705 le Thémistocle, avec plusieurs autres Tragédies, sous le titre *de Théatre François*. Il y a peu de gens à qui l'Alcibiade ne soit connu, & qui n'aient pris plaisir à en retenir une infinité de traits admirables & brillans.

A Dieu ne plaise, que je veuille attaquer Durier : mais son Thémistocle est peut-être le plus mauvais & le moins suivi de tous ses Ouvrages. Thémistocle n'aime ni son pays, ni la Perse, ni la Maîtresse que Durier lui donne. C'est un personnage ambigu & équivoque, qui ne sçauroit attacher. Mandane & Palmis, mere & fille, parentes de Xerxès, sont (ou peu s'en faut) deux visionnaires, dont les sentimens n'ont rien d'intéressant, ni de déterminé. Xerxès soutient assez mal le caractere de Roi ; Artabaze, premier Ministre n'est qu'un méchant qu'on ne punit point. La seule Roxane, confidente de Mandane, est véritablement amoureuse de Thémistocle. Cette passion tombant sur un personnage bas, fait un misérable effet, Enfin, Thémistocle, contre la vérité de l'Histoire, épouse Palmis, & Xerxès promet à Thémistocle de ne jamais faire la guerre à la Grece. Voilà à-peu-près le caractere des personnages & la catastrophe du Thémistocle. Peu de beaux traits. On doit cependant être touché de celui-ci. Il est dans la bouche de Palmis. Elle parle de Thémistocle :

Son exil trop injuste est le crime d'autrui,
Mais en dépit du sort ses vertus sont à lui.

A l'égard de l'Alcibiade, son Auteur s'est attaché à le peindre tel que les Historiens & les Poëtes nous le représentent : Beau, vaillant, plein d'esprit, & voluptueux. C'est

C'eſt un Grec idolâtre de ſa Patrie. Il aime mieux mourir par les mains de ſes Concitoyens, que de porter la guerre dans ſon pays natal. Artaxerce eſt un véritable Roi. Occupé de ſa gloire & de la grandeur de ſon Etat; il croit que la ſaine politique lui doit faire gagner Alcibiade, ou qu'elle l'engage à l'abandonner à la fureur de la Grece. Il parle ainſi de ce proſcrit à Artemiſe :

Inſenſible & fidéle à nos mortelles haines,
Verra-t-il d'un œil ſec tomber les murs d'Athènes ?
Et refuſera-t-il ſon bras victorieux
A la Grece mourante, & mourante à ſes yeux ?

Quelle nobleſſe dans ce diſcours, & qu'il eſt digne de la majeſté de celui qui le prononce ! Les amours d'Artemiſe, & ſurtout celles de Palmis, ſont ménagées avec une adreſſe & une ſageſſe infinie. Les ſituations de la Piece en général ſont touchantes & théatrales. Tout y court au dénoument ; tout agit avec ordre. Les mœurs des Perſes & des Grecs y ſont conſervées avec ſcrupule. On y ramene avec avantage les principales guerres que ces deux Peuples ont eu ensemble. Enfin, Messieurs, si l'on excepte le seul trait que je vais rapporter, on ne trouvera rien dans le Thémistocle dont l'Auteur d'Alcibiade ait voulu profiter. Les Juges équitables remarqueront sans peine que le moderne s'est étudié avec soin & avec raison à éviter l'ancien. Voici l'endroit imité : Xerxès accorde Palmis à Thémistocle, & l'invite à le servir contre la Grece. Celui-ci oppose seulement à Xerxès, que ce seroit travailler pour la gloire de la Grece :

Que de faire paroître aux yeux de l'Univers,
Qu'on eût besoin d'un Grec pour la réduire aux fers,
Et que pour triompher de son orgueil extrême,
Il vous fallut un bras qui sortit d'elle-même.

Le Moderne tourne cette pensée d'une maniere bien plus agréable :

Voulez-vous qu'on publie, un jour dans l'avenir,
Qu'il vous falut un Grec, Seigneur, pour la punir,
Et qu'elle auroit joui d'une gloire immortelle,
Si l'un de ses enfans n'eût conspiré contr'elle ;

Qu'on soit plagiaire à ce prix ! Ce sont

des Copistes qui dépriseront toujours les originaux.

C'est, Messieurs (je le repete) le seul trait que l'Auteur d'Alcibiade paroisse avoir emprunté de Durier. C'est donc à tort que vous avancez que l'Alcibiade n'est qu'une copie du Thémistocle, & que l'Auteur d'Alcibiade a transcrit mot-à-mot jusqu'à de longues suites de vers du Thémistocle.

Je crois, Messieurs, entrevoir l'origine de la bévuë. Vous formez une Communauté d'Ecrivains. Chacun de vous travaille à la partie de l'ouvrage qui lui est distribuée. Vous n'êtes pas apparemment tous également habiles & laborieux. La conformité des deux Histoires de Thémistocle & d'Alcibiade peut avoir causé l'erreur; & celui qui est chargé du détail des Théatres a formé le jugement dont je me plains, sans avoir examiné même légerement ni l'une, ni l'autre Tragédie. Peut-être même n'avez-vous jugé que sur la foi de quelqu'un qui n'étoit pas mieux instruit que vous.

Au reſte, Meſſieurs, je ne m'attends pas à voir cette Lettre dans votre Mercure. Je ſçais que je ne ſuis pas digne d'occuper une place dans ce précieux Recueil. J'attends ſeulement de votre probité une rétractation autentique. Vous ſçavez ſans doute (& qu'eſt-ce que vous ignorez,) vous ſçavez, dis-je, que nous ſommes tous ſujets à nous tromper, & qu'on n'eſt condamnable qu'autant qu'on perſévere dans ſes erreurs.

Je ſuis, Meſſieurs, &c.

Reponse à une Critique (a) *de la Tragédie de Tiridate inserée dans le Mercure de France du mois d'Octobre* 1728. page 2188.

ON avoit négligé la réponse suivante à la Critique de la Tragédie de Tiridate, qu'on trouve dans le Mercure de France du mois d'Octobre 1728. On méprisa une si mince & si déraisonnable censure ; & ce qu'on publie ici, auroit été enséveli avec la Critique, si l'Auteur du Théatre François n'avoit fait revivre la Piece qu'on est forcé de confondre. On nous apprend qu'elle est du feu Abbé Pellegrin.

Il paroît d'abord que l'Auteur de la Censure n'avoit lû Tiridate que dans l'Edition des Oeuvres de M. de Campistron de 1715. L'Auteur, au lieu d'une Préface en forme, a placé à la tête du Volume un

(*a*) Cette Critique est rapportée dans l'Histoire du Théatre de France. V.

un léger examen de chacune de ſes Tragédies. C'eſt-là qu'il dit que Tiridate eſt celle de ſes Tragédies où il y a plus d'art & de délicateſſe dans les ſentimens. Le ſuccès, ajoute-t-il, en fut prodigieux ; & l'on n'en a point vu ſur notre Théatre de plus brillant, ni de plus conſtant.

Ces mots qui ne contiennent que des vérités ne ſont pas du gout de notre Cenſeur. La poſtérité, s'écrie-t-il, n'a qu'à admirer, ſi elle ne veut faire le procès aux Approbateurs du ſiécle précédent. Non, répond-t-on, on ne dit pas-là, qu'on fera le procès aux Approbateurs du ſiécle précédent. Le champ eſt ouvert à la critique : mais on ſouhaiteroit qu'elle fût raiſonnable & meſurée ; & qu'on n'attaquât pas un Auteur qui n'eſt pas encore aſſez ancien, pour être déchiré à tort & à travers, non-ſeulement par les qualités de ſon eſprit ; mais encore, ce qui n'eſt pas ſupportable, par celles de ſon cœur.

Si le Cenſeur avoit connu celui dont il parle, il auroit pris d'autres ſentimens. Jamais homme n'a été plus à l'abri du ridicule que donne si souvent & si mal-à-propos l'orgueil poëtique. Il ne parloit jamais de ses Ouvrages, ou si quelquefois il s'y trouvoit forcé, c'étoit avec une froideur & un désintéressement qui faisoit plaisir aux personnes qui avoient part à l'entretien.

Avant de prononcer si hardiment, on devoit s'être un peu plus instruit. Il n'y avoit qu'à voir la Préface de la premiere impression de Tiridate chez Guilain en *1696*. C'est-là qu'on auroit trouvé la plus grande partie de ces observations, si vagues, si générales & si frivoles qu'on fait aujourd'hui revivre. On auroit vû-là, ce que le Public & les Critiques du temps, gens aussi éclairés & aussi délicats que ceux d'aujourd hui, penserent de cet Ouvrage; & on auroit peut-être quelque sorte de confusion d'avoir rempli vingt-cinq pages d'un Livre, pour ne faire que de mauvaises railleries d'un mort, sans nous rien dire de l'Ouvrage, ou du moins sans nous apprendre que ce que nous sçavions; & que l'Auteur lui-même ne nous avoit pas laissé ignorer.

Et ne rien dire de la Piece : on ſe trompe ; & le Cenſeur nous apprend ce que perſonne n'avoit encore apperçu. On le félicite de bon cœur de la découverte.

Le rôle d'Abradate, dit-il, eſt inutile. Cela eſt vrai ſans contredit. A quoi penſoit en effet l'Auteur ? Donner à ſon Héros déjà aſſez infortuné & dévoré d'une paſſion auſſi criminelle que l'eſt l'amour qu'il a pour ſa ſœur. Donner, dit-on, à ce Héros un rival aimé, & avoir ajouté à un penchant déraiſonnable, involontaire, & invincible, une jalouſie bien fondée ; en vérité, c'eſt ſe mocquer. Tiridate ne peut conſentir au bonheur de ce rival. Il connoît toute l'étenduë & toute l'énormité de ſon injuſtice ; mais ſon aſcendant l'entraîne. Il ſouffre une viſite d'Abradate, elle elle eſt ſans ſuccès. Erinice qui rencontre ſon Amant au déſeſpoir, vient ſe plaindre à ſon frere. Elle lui demande ce qui l'oblige à s'oppoſer au bonheur d'Abradate ; c'eſt dans ce moment fatal, que Tiridate emporté par la violence de ſon amour, acheve cette terrible déclaration, commencée à la ſixieme Scene (*a*) du troiſieme Acte ; & que l'adreſſe de l'Auteur a portée juſqu'à la ſeptieme du quatrieme. Toutes ces ſituations, tous ces ménagemens, toutes ces circonſtances, toutes ces fineſſes, ne portent aucun trouble dans l'ame des Spectateurs. Puiſque le Cenſeur ne les ſent pas, cela doit être ainſi. Concluons donc, que le rôle d'Abradate eſt inutile.

Les pieux ſcrupules dont on fait parade, on les repete deux fois, ſont très-ſenſés ; & certainement les Auteurs tragiques doivent profiter de la leçon. Que des Payens querelent les deſtinées ; & que les Poëtes en les introduiſant ſur la ſcene conſervent leur religion, leurs mœurs, & leurs coutumes. Pratique hors de toute raiſon.

Voilà à quoi ſe réduiſent toutes ces longues obſervations. On analyſe les quatre premiers Actes de la Piece, ſans pouvoir d'ailleurs les attaquer. On eſt attentif ſeulement à ménager peu la réputation de

(*a*) Cette déclaration n'eſt pas aſſez filée. Il faut n'avoir jamais vu la Tragédie de Tiridate, pour faire une pareille objection.

l'Auteur. On lui refuse les louanges qui lui sont justement duës. On flétrit, ou on coule légerement sur les beautés de l'Ouvrage. Il est vrai qu'elles gagneroient peu en passant par les mains du Censeur.

A l'égard du cinquieme Acte, on renvoie le Critique à la Préface de l'Edition de 1696, l'Auteur convient de bonne foi, que cet Acte n'est moins fort que les autres, qu'à cause des nécessités du Théatre, qui obligent un Poëte tragique à rendre compte de ses principaux Acteurs. Ce qui ne peut manquer de rendre quelque Scene moins vive, & de précipiter quelqu'évenement. Malheur presque inévitable.

On assure donc, sans entrer dans un plus grand détail, que malgré le jugement du Critique, le succès de Tiridate est juste, mérité, brillant, & constant. On a vu de cette Piece en 1727, plusieurs représentations données de suite, avec tout le plaisir que les premieres peuvent avoir causé dans la nouveauté de l'Ouvrage. Feu Baron & la Demoiselle le Couvreur, nous y ont fait dans ces derniers temps, remarquer de nouvelles graces, par la finesse, la noblesse & les agrémens infinis, qu'ils sçavoient donner aux Poëmes, qui comme celui de Tiridate, ont de véritables beautés.

Lettre écrite au Nouveliſte (a) du Parnaſſe, ſur la perſonne & les Ouvrages de M. de Campistron.

Vous êtes, Monſieur, ami de M. Arouet (*b*). La maniere ingénieuſe dont vous défendez ſa derniere Tragédie, eſt une preuve de votre complaiſance pour la perſonne & les écrits de cet Auteur.

Vous ne déſapprouvez pas qu'on vous écrive. Vous promettez d'inſérer les Lettres que vous recevrez dans vos nouvelles. Souffrez, Monſieur, que j'uſe de la liberté que vous accordez à tout le monde dans votre quatorzieme Lettre de votre premier Volume. Je me plains de M. Arouet. Je crois, que vous êtes trop équitable, pour ne pas publier les juſtes motifs de mes plaintes.

(*a*) Cette Lettre ſe trouve imprimée avec Privilége & Approbation au deuxieme Volume du Nouveliſte, pag. 32.

(*b*) C'étoit ſon ſeul nom en ce temps là.

Que M. Arouet ſoit grand verſificateur, ou grand Poëte, peu m'importe : mais ſon peu de modération & l'injuſtice de ſes critiques me révoltent. Je le vois en toute occaſion, s'acharner contre feu M. de Campiſtron, preſque le ſeul Auteur tragique depuis l'admirable Racine. Dans une brochure (*a*), il le qualifie de pauvre. M. de Campiſtron, en citant ces Vers de Tiridate :

Si je te revoyois, redoutable Princeſſe,
J'aurois juſques ici vainement combattu.
Il eſt comme à la vie un terme à la vertu.

La critique, qui tombe ſans doute ſur ce dernier Vers, attire l'injure de pauvre à M. de Campiſtron.

Je dis que cette Critique eſt non-ſeulement très-indécente ; mais encore, qu'elle eſt très-fauſſe. Le Vers attaqué eſt très-beau. Il eſt juſtement applaudi ; & malgré l'inquiétude & la délicateſſe

(*a*) Dans une Lettre écrite au même Nouvelliſte, on déſavoue cette brochure. Reſſource ordinaire & uſitée C'eſt la vingt-ſixeme Lettre, Tome II.

du Cenſeur, il le ſera toujours. La ſituation de Tiridate, qui ſe fait la violence de s'éloigner pour jamais de ſa ſœur, n'a pu lui inſpirer d'autre ſentiment, que celui qu'il exprime ici avec tant d'énergie & de nobleſſe. Attaquer le mot de vertu, pris pour celui de réſiſtance; c'eſt en vérité, une pure cavillation. La force eſt une vertu, le Catechiſme l'apprend aux enfans. La réſiſtance au mal; qu'eſt-ce autre choſe que la force?

D'où d'ailleurs a-t-il pu étre permis au Critique, de ſe ſervir d'un terme ſi familier, ou pour mieux dire, ſi offenſant? D'un terme, qui, ſelon l'uſage ordinaire, raſſemble toutes les marques de mépris, qu'on peut donner à un Auteur. La Critique dont le miſérable d'Aſſouci ſe plaint, n'eſt pas à beaucoup près ſi amere.

Et juſqu'à Daſſouci, tout trouva des Lecteurs.

Notre impitoyable Cenſeur a-t-il connu ce pauvre M. de Campiſtron dont il parle avec tant d'impoliteſſe, & ſi peu de ménagement? Sçait-il, que ce pauvre homme, avoit l'honneur d'être admis sans qu'il lui en coutât des bassesses, & sans se rendre importun à la Cour de Madame la Dauphine de la Maison de Baviere, Ayeule de notre Roi? Sçait-il, que ce pauvre homme, a passé presque toute sa vie soit à la Cour, soit dans les Armées, avec tout ce que la France a eu de grand & de respectable? Ensorte qu'il pouvoit dire avec Abradate:

Dans les jeux de la Cour, dans l'honneur des combats,
J'ai depuis mon enfance accompagné ses pas;
Et quand dans ses périls il s'est comblé de gloire;
Mes yeux ont de si près éclairé sa victoire.
Qu'aux plus fiers ennemis allant porter l'effroi,
Sa valeur n'eut souvent d'autre témoin que moi.

Voilà au combat de Steinkerque la situation de celui qu'on traite de pauvre homme. Qu'on convienne que du moins en cette occasion, ce pauvre homme, peint avec assez de grandeur & de justesse.

Mais je veux bien, qu'on ait ignoré la considération dont M. de Campistron a été redevable à ses aimables qualités. M. Arouet peut-il n'être pas instruit, comme Poëte Tragique, de l'Histoire du Théatre? A la retraite de Racine, ce fut Campistron, qui eut en quelque maniere, la gloire de consoler la Cour & Paris d'une si grande perte. Les Tragédies d'Arminius, d'Andronic, d'Alcibiade, & de Tiridate publiées de suite, & dont le succès fut aussi éclatant qu'il est durable, firent dans ces temps-là les délices de tout le monde; & font encore depuis plus de cinquante ans, l'agréable amusement des honnêtes gens. J'excepte cependant un certain nombre de prétendus Connoisseurs.

Neuf Editions de ses Oeuvres dragmatiques faites à Paris pendant la vie de l'Auteur, sans compter celles des Pays étrangers. Des traductions de ses Pieces en d'autres Langues, un succès toujours égal sur nos Théatres, semblent, malgré les jugemens de quelques Modernes, assurer l'immortalité aux Tragédies de M. de Campistron.

Etoit-on sans gout, sans sentiment, sans connoissances,

connoiſſances, il y a environ quarante-cinq ans ? Ou eſt-on devenu ſage, judicieux, pénétrant, habile, depuis vingt ou vingt-cinq années ? Voilà une étrange queſtion ! Oſeroit-on prononcer devant nos Modernes, en faveur du ſiécle de Louis XIV. & ſoutenir hardiment que c'étoit le ſiécle d'or pour les Lettres, & que le bon gout chancele. La preuve n'en ſeroit pas difficile. Mais revenons à notre Adverſaire.

Dans la Préface de ſon Brutus, il ſe déchaîne encore contre M. de Campiſtron ; & cite Alcibiade, Piece, dit-il, très-ſuivie, mais foiblement écrite. Comme ce dernier terme eſt vague, & qu'il ne ſçauroit fixer le genre de ſtile qui convient à la verſification tragique ; on ne s'arrêtera pas à examiner ce qu'on entend par la foibleſſe de ſtile. On dira ſeulement en paſſant, que celui qui n'eſt chargé que du bruit que font d'éternelles antitheſes, n'eſt pas celui qui convient au dialogue. Une des ames de la Tragédie.

On ſe plaint de ce que l'amour domine

dans nos Tragédies. Plainte ſi ſouvent & ſi inutilement réitérée : mais l'uſage eſt établi Il faut le ſouffrir. On cite pour exemple des petiteſſes de l'amour, ces Vers d'Alcibiade :

Ah ! lorſque pénétré d'un amour véritable !

Et le reſte. On a, dit-on, admiré long-temps ces mauvais Vers que récitoit d'un ton ſéduiſant l'Eſopus du dernier ſiécle.

Qu'on banniſſe donc, les peintures de l'amour & ſes foibleſſes, de notre Théatre. Que notre Cenſeur aille plus loin, qu'il change le caractere du voluptueux Alcibiade ; & qu'à ſa place il ſubſtitue des Philoctetes, des Varus (*a*), perſonnages fanfarons, romaneſques, & ſi reſſemblans, qui tous enſemble n'en ſçauroient faire qu'un ſeul. D'un autre côté, auſſi doucereux que des Héros d'Opéra.

S'il faut adopter une Critique ſi dure, que deviendront ces délicieux perſonnages de Racine ? Que deviendra notre Spectacle ? Sera-t-il réduit à la ſeule & inimi-

(*a*) On en pourroit aujourd'hui citer bien d'autres.

table Athalie? Policucte est proscrit. On y parle d'amour.

On qualifie la tirade d'Alcibiade citée, de mauvais Vers. Décision hardie. Ces Vers, répond-t-on, sont poëtiquement bons. On les maintiendra tels, jusqu'à ce qu'on ait fait voir ce qui les rend si mauvais. Les sentimens en sont petits: mais, les termes, les rimes, & la cadence en sont très-justes. Ceux qui suivent sont fort beaux:

Pour effacer des traits honteux à ma mémoire,
D'un pas plus assûré courir après la gloire.

En voilà sans doute assez. On eût souhaité d'en dire moins. Nous laissons jouir paisiblement notre Censeur de sa gloire poëtique. Il permettra néanmoins qu'on lui dise, qu'un peu de modestie fait toujours honneur aux plus grands hommes. Qu'il s'applique sagement ce Vers de ce même Alcibiade:

Mes erreurs n'ont fait que trop de bruit.

Et qu'il apprenne à parler avec plus de

circonſpection d'un Auteur, dont il ne dédaigne pas quelquefois les penſées & les expreſſions.

Je ſuis, Monſieur, &c.

PREFACES
DE L'AUTEUR.

VIRGINIE.

J'Etois ſi jeune lorſque je compoſai cette Tragédie, que je me ſuis toujours étonné comment j'avois eu la témérité de la commencer, & la force & le bonheur de la finir. Son ſuccès, quoique médiocre, ne me donna pas lieu de me rebuter du Théatre. Le ſujet eſt tiré de l'Hiſtoire Romaine. Tout en eſt vrai, & il n'y a point de perſonnage épiſodique. Perſonne n'ignore que le crime d'Appius, & la mort de Virginie, furent cauſe que le Gouvernement fut changé dans Rome, & que la puiſſance des Décemvirs y fut abolie. Tous ceux qui ont écrit l'Hiſtoire de la République & de l'Empire Romain, rapportent ce grand événement, particulierement Tite-Live vers la fin du troiſieme Livre de la premiere Décade.

ARMINIUS.

CE ſujet eſt auſſi pris de l'Hiſtoire Romaine. Le nom d'Arminius eſt célebre par mille endroits; mais ſur-tout par la défaite de Varus, & par le déſeſpoir d'Auguſte. L'ancienne Ger-

manie n'a point eu de Prince, ni de Capitaine, qui puisse être comparé à celui-là ; & Tacite nous en fait concevoir la haute idée, par le magnifique éloge qu'il fait de lui, à la fin du second Livre de ses Annales. Il n'y a dans cette Tragédie que l'amour de Varus pour Isménie qui soit de mon invention ; tous les autres faits, & tous les Personnages sont historiques. Son succès fut grand, quoiqu'elle fut représentée dans un temps peu favorable aux Spectacles. J'avouë que j'ai une furieuse prévention pour cet Ouvrage. Je ne dirai point tout ce que j'en pense : mais j'ose avancer hardiment qu'il y a peu de Pieces de Théatre où il y ait plus de sentimens & plus de grandeur que dans celle-ci ; principalement dans le second Acte, que je crois un des plus brillans qu'on ait jamais vu sur la Scene.

Il y a environ trois ans qu'un Gentilhomme de Florence, Académicien de la Crusca, traduisit cette Tragédie en Italien presque mot pour mot, & en fit un Opera, lequel fut représenté pendant trois mois devant M. le Grand Duc de Toscane, dans son Palais de Pratolin, avec un applaudissement général.

ANDRONIC.

*JE conçus la premiere idée de ce sujet sur une Histoire moderne *, écrite par M. l'Abbé*

* Dom Carlos, Histoire Espagnole.

de Saint Réal, & qui a été pendant plusieurs années entre les mains de tout le monde. Mais comme par des raisons invincibles je nepouvois pas mettre sur la Scene les Personnages de M. de Saint Réal sous leurs véritables noms, je fus obligé de chercher ailleurs quelque événement, qui ressemblât à celui qu'il avoit traité. Je trouvai heureusement ce que je cherchois dans l'Histoire de Constantinople. Les caracteres de Callo-Jean, d'Andronic, & d'Irene, sont les mêmes que M. de Saint Réal a donnés à ceux dont il a parlé; & les faits des deux Histoires sont conformes dans toutes leurs circonstances. La seule différence qu'on y trouve, c'est que Callo-Jean ne fit pas mourir son fils; il se contenta de lui faire crever les yeux avec du vinaigre brûlant, supplicê ordinaire des Princes de l'Empire d'Orient.

Au reste, l'éloge que j'ai fait d'Alexis, Pere de Callo-Jean, n'est point sans fondement. Ce fut un très-grand Empereur; & la Princesse Irene sa fille, la Sapho de son siécle, a composé un Poëme à sa louange, qu'on a regardé comme un chef-d'œuvre.

Le succès de cette Tragédie fut aussi heureux à la Cour & à la Ville, qu'aucun qu'il y ait jamais eu; & il se passa même pendant les premieres représentations des choses si avantageuses pour moi, qu'il ne me convient pas de les rapporter.

TABLE

Des Pieces contenues dans le premier Volume.

VIRGINIE,

VIRGINIE,

TRAGEDIE.

A MONSEIGNEUR DE FIEUBET, PREMIER PRESIDENT DU PARLEMENT DE TOULOUSE.

ONSEIGNEUR,

Si je prends la liberté de vous offrir cette Tragédie, je ne songe qu'à vous rendre des graces publiques de la puissante & génereuse protection dont vous avez toujours honoré ma Famille : elle vous a des obligations infinies, & toute la reconnoissance que j'en puis marquer est de l'apprendre à tout le monde ; c'est l'unique dessein que je me suis proposé. Vous ne verrez aucun Eloge dans cette Epître, celui que je ferois de Vous, MONSEIGNEUR, *auroit trop peu de force pour un si grand sujet, & j'ai vu tant de gens plus habiles que moi échouer dans cette même entreprise, que je dois profiter de leur exemple, & me taire lorsqu'il est trop dangereux de parler. Mais quand je serois assez hardi pour entreprendre une chose si difficile, que pourrois-je dire de vous,* MONSEIGNEUR, *que toute la France ne sçache aussi-bien que moi ? Elle regarde avec admiration cette pénétration vive, & cette intégrité inébranlable qui après s'être consommées dans les plus importantes Charges de la Robbe, vous firent choisir par* LOUIS LE GRAND, *pour être le Chef du second Parlement du Royaume, dans un âge où il n'est permis qu'aux hommes extraordinaires de prétendre à de pareilles dignités. Heureux sont les Peuples qui peuvent voir briller de près vos éminentes vertus dans cette Auguste Place, & ressentir à toute heure les effets de votre Justice. Ils poussent sans doute des vœux continuels au Ciel pour la conservation d'une vie aussi glorieuse que la votre, & qui leur est si nécessaire. Mais c'est ce que je fais plus que tous, puisque je connois mieux que personne ces vérités éclatantes, & que je suis avec un profond respect,*

MONSEIGNEUR,

Votre rès-humble, & très-obeissant Serviteur. C***

ACTEURS.

APPIUS, l'un des Decemvirs de la Ville de Rome.

ICILE, Chevalier Romain accordé avec Virginie.

CLAUDIUS, Chevalier Romain.

PLAUTIE, Mere de Virginie, & femme de Virginius.

VIRGINIE, fille de Virginius, & de Plautie.

CAMILLE, Confidente de Virginie.

FULVIE, Confidente de Plautie.

SEVERE, Affranchi d'Icile.

FABIAN, Affranchi d'Appius.

PISON, Capitaine des Gardes d'Appius.

GARDES.

La Scene est à Rome, dans le Palais d'Appius.

VIRGINIE,

TRAGEDIE.

ACTE PREMIER.

SCENE PREMIERE.

APPIUS, CLAUDIUS, PISON.

CLAUDIUS.

De ma témérité Rome entiere ſurpriſe,
Demande les raiſons d'une telle entrepriſe.
Le Peuple compatit à la juſte douleur
D'un Amant éperdu, d'une mere en fureur.

Il eſt temps d'informer Rome, Icile, & Plautie
Des droits qui m'ont permis d'enlever Virginie.
Qu'ils apprennent, Seigneur, & ſans plus différer...

APPIUS.

Hélas!

CLODIUS.

Qui peut encore vous faire ſoupirer?
Quel injuſte chagrin & vous trouble & vous gêne?
Que craignez-vous?

APPIUS.

Je crains l'aſpect d'une inhumaine.
Je crains de nos projets le ſuccès dangereux.
Que puis-je attendre enfin d'un amour malheureux,
D'un amour dans mon cœur formé ſans eſpérance,
Et dont le déſeſpoir accroît la violence:
Je me laiſſai ſurprendre aux yeux qui m'ont charmé,
Sçachant depuis long-temps qu'Icile étoit aimé.
Quand le don de leur foi, quand leur amour ſi tendre
Défendoit à mes vœux de pouvoir rien prétendre.

Dieux ! que n'entreprend point un cœur au défespoir ;
Je ne me fouvins plus des loix de mon devoir,
Et pour femer entr'eux un éternel divorce,
Mon amour employa l'artifice & la force.
Je t'appris mes malheurs ; ton amitié pour moi,
Déja par cent efforts m'affuroit de ta foi,
Et contre Icile enfin, ta haine inexorable
Te rendoit à mes vœux encor plus favorable.
Ainfi je t'engageai dans mes deffeins fecrets,
Ton zele aveuglément a pris mes intérêts.
Cependant quand je voi l'entreprife avancée,
Mille périls divers s'offrent à ma penfée.
Mais je tremble furtout, qu'un odieux Rival,
Au repos de mes jours ne foit encor fatal.

CLODIUS.

De mon zele pour vous affuré dès l'enfance,
Vous m'avez honoré de votre confiance,
Seigneur, & votre main par de nouveaux bienfaits
A femblé chaque jour prévenir mes fouhaits.
Mais le plus grand de tous, Seigneur, je le confeffe,
C'eft d'avoir employé mes foins & mon adreffe,
Pour rompre le bonheur qu'Icile s'eft promis :
Je le haï plus lui feul que tous mes ennemis.
Depuis que par fa brigue affurant ma difgrace,
Je l'ai vû dans nos Camps commander en ma place ;

Et par l'injuste choix de Rome & du Sénat,
Des honneurs qu'on me doit obtenir tout l'éclat.
Que je ferois heureux de le pouvoir détruire !
Je gouterai du moins le plaisir de lui nuire,
Puisqu'enfin votre amour me permet aujourd'hui
D'attacher à ses jours un éternel ennui.
Mais je n'aurois pas cru, quelque ardeur qui vous presse,
Que le cœur d'Appius fit voir tant de foiblesse.
Tout flatte vos desirs, tout succéde à vos vœux,
Vous n'avez qu'à vouloir, Seigneur, pour étre heureux.
Cependant un Rival que votre amour accable
Vous géne & vous paroît encore redoutable.
Il vous le falloit craindre en cet instant cruel,
Que conduisant déja Virginie à l'Autel;
Par les liens sacrés d'un heureux Hymenée,
Il alloit à son sort joindre sa destinée,
Lors que tout étoit prêt, la coupe, le couteau;
La Victime, l'encens, le Prétre, le flambeau.
Quand Plautie elle-même à ses desirs propice
Pour l'Hymen de sa fille offroit un sacrifice.
C'étoit alors, Seigneur, qu'on eût pû pardonner
Le trouble où votre cœur semble s'abandonner:
Mais j'ai mis à ces nœuds un invincible obstacle,
Et pour vous épargner ce funeste spectacle,
J'ai ravi la conquéte à cet heureux Amant,
Dans le Temple, à l'Autel, dans le même moment
Qu'il formoit ce lien à votre amour contraire;

Et malgré les ſoupirs & les pleurs d'une mere ;
Malgré tous les efforts d'un Amant furieux,
J'ai conduit, j'ai remis Virginie en ces lieux.
Votre repos enfin de vous ſeul va dépendre,
Il ne vous reſte plus, Seigneur, qu'à faire entendre
Une fauſſe équité qui ſoutiendra mes droits,
Et qui mettra le crime à l'ombre de nos loix.
Parlons ; & publions enfin que Virginie,
N'eſt point du noble ſang dont on la croit ſortie,
Que chez moi d'un Eſclave elle a reçû le jour,
Quelle doit être auſſi mon Eſclave à ſon tour ;
Et ſuivant le Deſtin de ceux qui l'ont fait naître,
Hériter de leurs fers, & m'accepter pour maître.

APPIUS.

Différons un éclat mortel à ſon honneur ;
Seule encor de ſon ſort elle ſçait la rigueur.
Peut-être ſe voyant au bord du précipice,
Son péril à mes vœux la rendra plus propice.
N'expoſons point ſa honte aux yeux de l'Univers.
Elle craint ; il ſuffit, de tomber dans les fers ;
Elle frémit des maux d'un ſort ſi déplorable.

CLODIUS.

Profitez donc, Seigneur, de ce temps favorable,
Et donnant un cours libre à vos ſecrets ſoupirs ;
Courez à Virginie expliquer vos deſirs.

APPIUS.

Je me ſuis tu long-temps, & veux me taire encore,
Loin de faire éclater ce feu qui me dévore,
Je dois plus que jamais le cacher en ce jour.
Tout m'y contraint, l'honneur, mon devoir, mon amour.
Quel temps pour déclarer ma téméraire flâme ?
A quel trouble nouveau je livrerois ſon ame ?
Je ne ferois hélas ! qu'irriter ſes douleurs,
Mes diſcours groſſiroient la ſource de ſes pleurs.
C'eſt aſſez qu'arrachée à l'Amant qu'elle adore,
Captive dans ces lieux, elle ait appris encore,
Qu'elle eſt prête à tomber dans la honte des fers,
Ce feroit à la fois trop de malheurs divers.
Attendons pour lui faire un aveu ſi terrible,
Que le temps ait rendu ſa douleur moins ſenſible.
Epargnons ſes ſoupirs & cherchons un moment,
Où je trouve ſon cœur moins plein de ſon Amant,
Mais cachons-lui ſurtout, que c'eſt moi qui l'oprime,
Et puiſqu'enfin l'Amour me coute un ſi grand crime,
Que j'en rougiſſe ſeul, ou que ma honte au moins
N'ait dans tous mes remords que tes yeux pour témoins.

CLODIUS.

Prenez garde, Seigneur, qu'une injuste contrainte
Ne renverse à la fin tout le fruit de ma feinte,
Vous nourrissez un feu prêt à vous consumer,
Vous languirez toujours....

APPIUS.

Cesse de t'allarmer :
J'ai mes raisons : je veux qu'une action si noire,
Loin de finir ma vie en releve la gloire.
Déguisons ce forfait, couvrons-en la noirceur ;
Et faisons admirer ce qui feroit horreur.
Si la vertu souvent passe pour imposture,
Le crime imite aussi la vertu la plus pure,
Et mon coupable amour sera mieux écouté,
Sous un prétexte adroit de générosité.
Je vais donc annoncer moi-même à Virginie,
Qu'à la tirer des fers la gloire me convie,
Et que rien désormais ne la peut secourir,
Que la main & la foi que je lui viens offrir ;
Sous ces dehors flatteurs je cacherai mon crime,
Par-là je gagnerai son cœur ou son estime,
Et l'on imputera par ce subtil détour,
A la seule pitié les effets de l'amour.

CLODIUS.

Je me rends au dessein que l'Amour vous suggere,
De notre intelligence il couvre le mystere :

Mais il faudroit aussi pour ne rien négliger,
Eloigner un Rival qui cherche à se vanger :
Prévenez les transports d'un Amant en furie,
Prêt à tout hazarder pour sauver Virginie.

APPIUS.

Eh ! c'est où je l'attends. J'ai sçû déja prévoir
Les effets de sa rage, & de son désespoir :
Mais à notre dessein sa colere est utile,
Aussi loin de bannir ce redoutable Icile,
Bien loin de lui cacher l'objet de son amour,
Je prétends qu'il la voie, & même dès ce jour.
Oui, je veux qu'il jouisse ici de sa présence
Afin de le porter à plus de violence :
Cet objet douloureux aigrira sa fureur,
Il voudra la vanger & finir son malheur.
Ce Rival odieux pour servir ce qu'il aime,
A mes transports jaloux viendra s'offrir lui-même,
Et dès le moindre effort qu'il osera tenter,
Sans bruit dans ce Palais je le fais arrêter.

CLODIUS.

Ah ! je prévois....

SCENE II.

APPIUS, CLODIUS, FABIAN, PISON.

FABIAN.

PLAUTIE, aux pleurs abandonnée ;
eigneur, à vous attendre eſt toujours obſtinée ;
lle veut vous parler, & ſes fréquens ſoupirs . . .

APPIUS *à Fabian.*

u'elle entre cependant pour flatter ſes deſirs,
ans cet appartement conduiſez Virginie :
llez ; & dites-lui qu'elle y verra Plautie,
à Clodius.)
ous d'une Mere en pleurs évitez les tranſports.
loignez-vous.

CLODIUS.

Seigneur, c'eſt mon deſſein, je ſors.
a préſence ſans doute aigriroit ſa colere.

SCENE III.

APPIUS, PLAUTIE, FULVIE, PISON.

PLAUTIE.

AH ! Seigneur, écoutez les douleurs d'une Mere,
Et puiſqu'après deux jours d'un mortel déſeſpoir
Vous avez bien voulu conſentir à me voir,
Pourrai-je me flatter ?

APPIUS.

Ne doutez point, Madame,
Que je ne ſois frappé du trouble de votre ame.
J'ai crains avec raiſon de vous voir en ces lieux,
Et que votre douleur n'éclatât à mes yeux,
J'ai fait plus, j'ai tâché long-temps de me défendre
De cauſer tant de pleurs que je vous vois répandre,
Mais mon cruel devoir le plus fort dans mon cœur,
D'une pitié craintive eſt demeuré vainqueur,
J'ai cédé, j'ai ſuivi la ſévere Juſtice.
Enfin, que vouliez-vous, Madame, que je fiſſe ?

Chargé

Chargé par tout l'Etat du pouvoir Souverain.....

PLAUTIE

Osez-vous vous parer d'un prétexte si vain ?
Quoi ! vous ordonne-t-il ce devoir téméraire
D'enlever sans pitié Virginie à sa Mere ?
Dans le temps que son Pere à la guerre occupé
Peut être va mourir pour ceux qui l'ont trompé.
Mais pourquoi dans ces lieux retenez-vous ma fille ?
Pourquoi l'arrache-t-on du sein de sa Famille ?
Pour quel crime commis vos barbares soldats
Viennent-ils la ravir au Temple dans mes bras ?
Pourquoi....

APPIUS.

De son Destin n'êtes-vous pas instruite ?

PLAUTIE.

Hélas ! dans ce Palais tout le monde m'évite ;
Envain depuis deux jours errante dans ces lieux :
Les pleurs que j'ai versés ont épuisé mes yeux ;
Envain de tous côtés mes cris se font entendre :
De son Destin encor je n'ai pû rien apprendre,
Et je trouve partout dans mes soins empressés.
Des Gardes interdits, des visages glacés,
Qui redoutent ma vue, & prêts à se confondre,
Se dérobent à moi, sans daigner me répondre.

Par vos ordres cruels...

APPIUS.

Cessez de m'accuser
Et ne me forcez pas de vous désabuser,
Quand je vous aurai dit...

PLAUTIE.

Quoi ! que pourriez-vous dire ?
Expliquez-vous ?

APPIUS.

Je sçais qu'il faut vous en instruire:
Mais, Madame, je crains de redoubler vos pleurs;
Je vais vous annoncer le plus grand des malheurs :
Cette fille, l'objet d'une amitié si tendre
Que vous me demandez, que vous venez défendre :
Cette fille qui fit vos plaisirs les plus doux;
Un autre vous l'enleve, elle n'est plus à vous.

PLAUTIE.

Dieux ! qu'entends-je ? Comment ?

APPIUS.

Ce n'est plus un mystere,
Je suis de Virginie ici dépositaire :

Clodius sçait enfin la noire trahison,
Qui la fit autrefois sortir de sa maison :
Où d'un Esclave infâme elle a reçu la vie.
Oui, Madame, voilà le sort de Virginie;
Cet Esclave mourant, par ses remords pressé
N'a pû dissimuler tout ce qui s'est passé :
Le traître a déclaré que dans votre Famille,
Par un échange adroit il fit entrer sa fille,
Et plusieurs Citoyens appellés à sa mort
Sont prêts de confirmer son funeste rapport;
Cet Etranger secret a droit de vous confondre.

PLAUTIE.

Je demeure stupide, & ne sçais que répondre,
D'un autre, Virginie, auroit reçu le jour.
Non, non, elle est ma fille, & j'en crois mon amour,
Mon cœur frémit, mon sang s'émeut de cette injure,
Je sens trop fortement s'expliquer la nature,
Et je cede à la voix de ces instincts secrets,
Qui parlant à nos cœurs ne les trompent jamais.
Sur Virginie enfin, quoi qu'on ose entreprendre,
Contre tout l'Univers je sçaurai la défendre.
Ouvrez les yeux, Seigneur, un perfide aujourd'hui,
Pour me percer le cœur implore votre appui.
Et vous le soutenez! Quoi! votre propre gloire,
De mes sacrés ayeux l'immortelle mémoire,

De mon illustre Epoux les éclatans exploits ;
Son sang pour le pays répandu tant de fois,
Les égards que l'on doit à la vertu trahie,
N'ont pas dans votre cœur défendu Virginie.
Ah ! rendez-moi, Seigneur, ce trésor précieux,
Ma fille, seul présent que j'ai reçu des Dieux.
Avec tant d'amitié dans mon sein élevée,
De cent périls divers par moi seule sauvée,
Pour qui j'ai pris enfin, tant de pénibles soins,
Seigneur, dont vos yeux mêmes ont été les témoins.

APPIUS.

Madame, à vos desirs je voudrois satisfaire,
Inexorable loi d'un devoir trop sévere !
Qui nous fait bien souvent condamner à regret
Ceux pour qui notre cœur se déclare en secret.
C'est à vous d'éviter le coup qui vous menace.
Combattez Clodius, confondez son audace,
Madame, & vous verrez les suplices tous prêts
Vous vanger d'un perfide, & punir ses forfaits :
Cependant Virginie en ce lieu se doit rendre,
On peut en liberté lui parler & l'entendre.
Vous la verrez, Madame, avant que de sortir,
Moi-même en ce moment je l'ai fait avertir.
Elle entre : je vous laisse.

SCENE IV.

PLAUTIE, VIRGINIE, FULVIE, CAMILLE.

VIRGINIE.

AH! quel comble de joie?
Madame, enfin, le Ciel souffre que je vous voie,
Quel plaisir de pouvoir en ces heureux momens,
Oublier mes douleurs dans vos embrassemens.

PLAUTIE.

Ma fille, ils seroient doux pour le cœur d'une Mere.
Mais hélas! ils ne font qu'augmenter ma misere.
Une crainte mortelle en corrompt les douceurs.
Tremble, frémis, entends le plus grand des malheurs.
Le traître Clodius....

VIRGINIE.

J'ai tout appris, Madame,
Si l'horreur de ce coup a pu fraper mon ame.

Revenue à l'instant de ce trouble soudain,
J'ai vu pour m'en parer le remede certain.
Ne craignez point pour moi l'horreur de l'escla-
vage,
Le sang a dans mon sein transmis votre courage:
Attentive aux leçons qu'ont tracé mes ayeux,
Leur exemple sans cesse est présent à mes yeux;
De mes jours malheureux je finirai la course,
Sans qu'aucune foiblesse en ternisse la source,
Le plus cruel trépas me semblera trop doux,
Mourant avec le nom que j'ai reçu de vous.

PLAUTIE.

Non, non, je préviendrai ta funeste disgrace,
J'admire de ton cœur la généreuse audace:
Le dessein de mourir pour conserver ton rang,
Est digne de ma fille, est digne de mon sang:
Mais je n'en puis souffrir la cruelle pensée;
Rome dans ton destin est trop intéressée.
Virginius déja par mes soins averti,
Pour te venir défendre est sans doute parti.
Dès le même moment que tu me fus ravie,
Sans prévoir les horreurs qui menacent ta vie,
J'envoyai vers le camp; & je ne doute pas,
Que ton pere vers nous ne s'avance à grand pas;
Icile furieux, menace, prie, exhorte,
Aux plus hardis projets sa tendresse l'emporte.
Enfin, pour te sauver il suffira de moi;
Que ne pourrai-je point en agissant pour toi?

Nous attendons beaucoup du secours de leurs armes :
Mais n'espere pas moins de celui de mes larmes,
De cet affreux Palais j'ouvrirai les chemins ;
Je servirai de Chef aux premiers des Romains,
Et mes brûlans soupirs verseront dans leur ame,
Cette bouillante ardeur qui m'anime & m'enflamme.
Adieu : je cours....

VIRGINIE.

Hélas ! vous me quittez sitôt,
Madame....

PLAUTIE.

J'en frémis : mais ma fille il le faut.

VIRGINIE.

Est-ce trop peu des maux, dont je suis déchirée ?
Serai-je d'avec vous encore séparée ?
Après tant de soupirs, à peine je vous voi....

PLAUTIE.

Crois-tu qu'à te quitter je souffre moins que toi ;
Quant à partir d'ici je me crois toute prête ;
Malgré tous mes efforts ma tendresse m'arrête ;
Cet Amour toutefois ardent à ton secours,
Demande des effets, & non pas des discours.

Je te quitte, ou plutôt je vais tarir tes larmes,
Te rendre à ta Famille, & finir nos allarmes,
Le soin de te sauver m'arrache de ce lieu.
On m'attend, & j'y vole : adieu, ma fille, adieu.

SCENE V.

VIRGINIE, CAMILLE.

VIRGINIE.

CAMILLE connois-tu l'excès de ma misere,
Quel triste sort !

CAMILLE.

Je crains bien moins que je n'espere.
Les premiers des Romains se déclarent pour vous.
Contre votre Ennemi le Peuple est en courroux.
Votre Pere est aimé dans Rome, & dans l'armée.
Le jeune Icile enfin, dont vous êtes charmée,
Et qui doit par l'hymen s'unir à votre sort,
Ne fera pas pour vous un inutile effort,
Sans doute en ce moment....

VIRGINIE.

VIRGINIE.

Excuſe ma foibleſſe.
Crois-tu qu'en ma faveur Icile s'intéreſſe ?
Crois-tu qu'il me conſerve une fidéle ardeur ?
Mes diſgraces peut-être auront changé ſon cœur.
Ah ! ſi le mien privé ſeulement de ſa vue,
Ne reſiſte qu'à peine au chagrin qui me tue.
Dieux ! contre ma douleur, où trouver du ſecours.
Camille, s'il falloit le perdre pour toujours ?
N'importe en ce moment, quoi que le Ciel ordonne
A ſes ordres ſacrés mon ame s'abandonne ;
Je reſpecte les traits qui partent de ſa main,
Et je vais ſans murmure attendre mon deſtin.

Fin du premier Acte.

ACTE II.

SCENE PREMIERE.

ICILE, SEVERE.

SEVERE.

OUI, vous pouvez, Seigneur, auſſi bien que Plautie,
Entrer dans ce Palais, parler à Virginie,
Vous ne vous plaindrez plus de l'injuſte pouvoir,
Qui vous a juſqu'ici défendu de la voir,
Dans cet appartement où l'on va la conduire
De tous vos ſentimens elle pourra s'inſtruire.
Mais pourquoi la revoir ? Mon eſprit incertain
Ne comprend pas encor quel eſt notre deſſein
Je ne ſçais que juger de votre impatience.
Quel intérêt vous porte à chercher ſa préſence
Seigneur, eſt-ce un effet de la ſeule pitié,
Ou le ſimple devoir d'un reſte d'amitié ?
Car je ne penſe pas dans ſa miſere extrême,
Averti de ſon ſort par Plautie elle même :

Quand le Ciel l'abandonne au plus cruel malheur ;
Que vous sentiez pour elle une honteuse ardeur.
Non, je ne croirai point qu'un aussi grand courage,
Puisse avilir ses vœux jusques dans l'esclavage,
Qu'Icile jusques-là put jamais s'abaisser.

ICILE.

Severe que dis-tu ? Ciel ! qu'oses-tu penser?
Crois-tu de Clodius la noire calomnie ?
Mais quand les Dieux auroient fait naître Virginie,
Dans la honte des fers, & dans un rang plus bas,
Quel que fut son destin je ne changerois pas.
Plus on veut l'abaisser, plus je sens que je l'aime,
Si ses malheurs sont grands mon amour est extréme.
Qu'ai-je fait jusqu'ici pour lui prouver ma foi,
Je lui rendois des soins, qui n'eût fait comme moi ?
Tout ne flattoit-il pas mes vœux, & ma tendresse,
Gloire, biens, dignités, pouvoir, crédit, noblesse ;
Sa main me donnoit tout, qui n'eut pû présumer,
Que mon ambition me portoit à l'aimer ?
Mais du moins aujourd'hui mon amour seul éclate,
Et mon ambition n'ayant rien qui la flatte.

Je ferai hautement triompher en ce jour,
La générosité, la constance, & l'amour.

SEVERE.

Dieux! qu'est-ce que j'entends? Votre discours m'étonne,
A quel fatal projet l'Amour vous abandonne?
Une fille sans nom, & qu'on va condamner....

ICILE.

Parce qu'on la trahit, dois-je l'abandonner?
Et ne lui faisant voir qu'une amitié commune,
Régler ma passion au gré de la fortune.
S'il est des cœurs mal faits, & d'indignes Amans
Qui suivent dans leurs vœux ces lâches sentimens,
Pour moi n'en doute point, quand j'aime Virginie:
C'est à d'autres objets que mon cœur sacrifie,
Les grandeurs que le sort peut ravir en un jour
N'ont jamais attiré mes vœux ni mon amour;
La fermeté d'esprit, la grandeur de courage,
La pureté de cœur, voilà ce qui m'engage:
Ce qui dépend du Sort est pour moi sans appas,
Et j'aime les vertus qui n'en dépendent pas.

SEVERE.

Vous suivez trop, Seigneur, une aveugle tendresse.

ICILE.

Ah ! ne t'oppose plus à l'ardeur qui me presse.
Cependant Virginie est long-temps à venir ;
Quel obstacle nouveau pourroit la retenir.
Quand verrai-je cesser l'ennui qui me dévore,
Néglige-t-elle hélas ! Un Amant qui l'adore.
Dieux ! que puis-je penser de son retardement ?
Que je souffre de maux en ce cruel moment !
Que je suis déchiré ! Mais je la vois, Severe :
Elle vient.

SCENE II.

ICILE, VIRGINIE, SEVERE, CAMILLE.

ICILE.

LE destin ne m'est plus si contraire,
Madame, je vous vois, & je puis en ce jour,
Faire encor à vos yeux éclater mon amour.
Qui l'eut cru que si près d'un heureux Himenée,
Notre amour à ces maux dût être condamnée.
Mais suspendez l'effort de toutes vos douleurs,
Que la joie un moment regne seule en nos cœurs.

Pour moi, je l'avouerai, quand le ſort me menace,
Du bien que je reçois je lui dois rendre grace,
J'étois abſent de vous, inquiet, déſolé :
Je vous vois, je vous parle, & je ſuis conſolé.
Le trouble, la douleur qui déchiroit mon ame,
Tout s'eſt évanoui devant vos yeux, Madame,
Ma préſence fait-elle au moins dans votre cœur,
L'effet que votre vue....

VIRGINIE.

Eh! le puis-je, Seigneur?
Puis-je de mes deſirs calmer la violence,
Je les ſens augmenter même en votre préſence,
Ce qui devroit cauſer mes plaiſirs les plus doux,
Porte à mon triſte cœur les plus ſenſibles coups.
Jugez dans quels malheurs le Ciel me précipite.
Oui je ſens qu'à vous voir ma triſteſſe s'irrite.
Hélas! j'en connois mieux la perte que je fais:
Car enfin, je vous perds, & vous perds pour jamais.

ICILE.

Ah! Madame, éloignez cette injuſte penſée,
Par ce cruel diſcours ma flamme eſt offenſée,
Pourquoi perdre un eſpoir à notre amour ſi doux,
Qui peut nous ſéparer?

VIRGINIE.

Helas ! l'ignorez-vous
C'est le funeste effort du destin qui me brave,
Et si je sors du sang d'un malheureux Esclave ;
Je vois qu'à votre Himen je ne dois plus penser,
Qu'à cet espoir si doux, il me faut renoncer.
Oui, Seigneur, nous cessons de vivre l'un pour l'autre.
Mais Dieux ! que mon malheur est différent du votre,
Vous ne perdez en moi qu'un cœur infortuné,
Au comble des horreurs par le sort condamné,
Et pour vous consoler de cette foible perte,
Il est plus d'une voie à votre amour offerte.
Je ne vous parle point d'un Hymen plus heureux,
Car je n'ose penser qu'un cœur si généreux,
Après les doux transports d'une ardeur mutuelle,
Puisse brûler jamais d'une flamme nouvelle.
Mais l'honneur immortel, qu'au milieu des combats,
Votre rare valeur promet à votre bras,
Le généreux desir de servir la Patrie,
Pourront de votre esprit effacer Virginie ;
Ou si ces nobles soins ne peuvent l'en bannir,
Pour en combattre au moins le triste souvenir ;
Vous pourrez opposer après votre victoire,
Aux chagrins de l'amour, les plaisirs de la gloire.
Mais moi desespérée, en l'état où je suis,
Je sens de toutes parts augmenter mes ennuis ;

Je perds l'heureux espoir d'un illustre Hymenée,
Et je perds avec lui le rang où je suis née,
Enfin, pour m'accabler dans ce funeste jour,
Je vois d'intelligence, & la gloire, & l'Amour.

ICILE.

Ainsi vous renoncez à ce juste Hymenée,
Que deviendra la foi que vous m'avez donnée?
Lié par mes sermens, & presque votre Epoux,
N'aurai-je ....

VIRGINIE.

Cette foi n'est plus digne de vous.
Le sort injurieux ...

ICILE.

Eh bien, que peut-il faire?
Son pouvoir ne peut rien contre un amour sincere.

VIRGINIE.

Penseriez-vous à moi dans cet état honteux.

ICILE.

Ah! croyez-moi, Madame, un peu plus généreux:
Rendez plus de justice à mon ardente flamme;
Votre mérite seul l'alluma dans mon ame,

Et je jure à vos yeux qu'il n'est rien que la mort,
Qui puisse désormais séparer notre sort;
Que par tant de sermens engagés l'un à l'autre.
Les Dieux même....

VIRGINIE.

Ah! Seigneur, qu'elle erreur est la vôtre;
Lorsque vous me verrez dans un rang odieux...

ICILE.

J'aurai le même cœur, j'aurai les mêmes yeux;
Vous conserverez tout ce que mon cœur adore,
Vous aurez vos vertus; & vous aurez encore,
Pour m'attacher à vous par un lien plus fort:
Vos craintes, vos douleurs, les injures du sort.
Oui, pour serrer les nœuds d'une chaîne si belle,
Vos disgraces auront une force nouvelle.
Ah! si c'est un devoir pour un cœur généreux,
De plaindre, de servir, d'aider les malheureux,
Pour mon cœur enflammé quelle douceur extrême,
De soulager en vous le digne objet qu'il aime,
De finir vos malheurs, & de pouvoir enfin,
Venger votre vertu des affronts du destin.

VIRGINIE.

Ah! Seigneur, cet aveu rend mon ame charmée.
Quel plaisir de me voir si tendrement aimée:

Mais quand l'Amour pour moi vous porte à vous trahir.
A vos vœux indiſcrets, Seigneur, dois-je obéir?
Non, non, rempliſſons mieux nos devoirs l'un & l'autre;
Ma générosité doit ſeconder la vôtre,
Et refuſant un bien que j'ai tant ſouhaité,
Faire connoître au moins que je l'ai mérité.

ICILE.

Que ce noble diſcours pleinement juſtifie,
Le véritable ſang dont vous êtes ſortie,
Un cœur dans l'eſclavage, & d'un vil ſang formé,
D'un courage ſi grand n'eſt jamais animé,
Et quelque fier qu'il ſoit toujours quelque foibleſſe,
Découvre tôt ou tard ſa premiere baſſeſſe:
Mais, finiſſez, Madame, un diſcours ſi cruel,
Et qui rend envers moi votre cœur criminel
Dieux! eſt-ce-là m'aimer que m'ôter l'eſpérance.

VIRGINIE.

Eh, qu'a-t-il ce diſcours, Seigneur, qui vous offenſe?
Croyez que ce refus marque mieux mon amour,
Que tout ce que j'ai fait juſqu'à ce triſte jour,
Ce n'eſt pas qu'en effet de mon deſſein troublée,
Par ce coup généreux je ne ſois accablée,

J'en frémis par avance, & jugez par mes pleurs...

ICILE.

Madame, par pitié cachez moi vos douleurs,
C'est trop de mes ennuis, & de votre tristesse:
Mais je la finirai, croyez en ma promesse,
Je perdrai vos Tyrans, & quelque soit leur rang,
Ces pleurs que vous versez leur couteront du sang.

VIRGINIE.

Ah! Seigneur, arrêtez! Où courez-vous?

ICILE.

Madame,
Ne vous opposez point à l'ardeur qui m'enflamme;
Il faut que l'insolent qui vous ose insulter,
Apprenne désormais à vous mieux respecter.

VIRGINIE.

Mais, comment?

ICILE.

C'est à moi de venger votre injure.
C'est à moi de convaincre, & punir l'imposture.
J'y cours: adieu, Madame.

SCENE III.

VIRGINIE, CAMILLE.

CAMILLE.

Il court vous ſecourir,
Les Dieux ſe ſont laſſés de vous voir tant ſouffrir.
Madame, eſpérez tout du courage d'Icile.

VIRGINIE.

Ah! que me fais-tu voir? Et qu'ai-je fait Camille?
Dieux! devois-je d'Icile accepter le ſecours,
Pour mes ſeuls intérêts j'ai hazardé ſes jours?
Que n'entreprendra point ſa tendreſſe offenſée,
De cent périls mortels ſa vie eſt menacée?
Hélas! que ce ſeroit un ſecours odieux,
S'il briſoit ma priſon en mourant à mes yeux!
Prévenons-le, eſſayons de finir ma diſgrace;
Nous-même détournons le coup qui nous menace;
Hâtons-nous, empêchons mon Amant de périr:
Courons voir Appius, il peut nous ſecourir.
Que ſes yeux ſoient témoins de mes vives allarmes;

Peut-être sera-t-il attendri par mes larmes ?
Ne nous contraignons plus : le voici.

SCENE IV.

APPIUS, VIRGINIE, CAMILLE.

VIRGINIE.

Quoi ! Seigneur,
Ne calmerez-vous pas le trouble de mon cœur ?
Rendez-vous aux soupirs que je vous fais entendre.
Perdrai-je tant de pleurs que vous voyez répandre ?
Et n'obtiendrai-je point un utile secours,
Qui des fers que je crains sauve mes tristes jours.

APPIUS.

Hélas ! n'en doutez point votre disgrace extrême !
Plus que vous ne pensez me déchire moi-même ;
Et pour porter mon ame à finir vos malheurs,
Vous n'avez pas besoin du secours de vos pleurs ;
Votre seule jeunesse, & les soins d'une Mere,
A qui mille raisons vous ont rendu si chere,

D'un Pere ſi fameux les illuſtres exploits,
Lorſqu'ils parlent pour vous ont de preſſantes voix :
Souvent par ces égards mon ame s'eſt émuë,
De vous rendre à leurs cris elle étoit reſoluë ;
Si l'auſtere devoir d'un emploi glorieux,
Cette droit équité preſcrite par les Dieux ;
Si la peur des remords qui ſuivent l'injuſtice,
M'eut permis de vous faire un ſi grand ſacrifice ;
Et n'eut malgré l'effort d'une tendre pitié,
Fait durer des malheurs dont je ſens la moitié :
Mais enfin, plus je tâche à percer le myſtere,
Plus je trouve à vos vœux la juſtice contraire ;
Témoins, indices, droit, tout parle contre nous.

VIRGINIE.

Eh ! vous me porterez de ſi funeſtes coups.
Hélas ! Seigneur . . .

APPIUS.

Mon ame eſt toujours incertaine,
La pitié me retient quand le devoir m'entraîne,
Surtout tant de vertus, tant de charmes divers,
Ne me ſemblent point faits pour languir dans les fers,
Ainſi je vous ſoutiens au bord du précipice,
Je crains de tous côtés de faire une injuſtice,
Auquel des deux partis que je donne ma voix ;
J'offenſe vos vertus, ou j'offenſe les loix.

VIRGINIE.

Hélas ! pour me ſauver, n'eſt-il aucune voie ?

APPIUS.

Madame, ouvrez la moi, j'y ſouſcris avec joie.
Parlez ; ſi je le puis ſans bleſſer mon devoir,
Je ferai pour vous plaire agir tout mon pouvoir.
Inventez un moyen, ma puiſſance ſupréme,
Va tenter . . .

VIRGINIE.

Ah ! Seigneur, inventez-le vous-même ;
Que je vous doive tout, faites un noble effort ;
Je remets en vos mains tout le ſoin de mon ſort.
Hâtez-vous, raſſurez mon ame impatiente.

APPIUS.

Hé, l'accepterez-vous, ſi je vous le préſente ?
Si vous voulez ſortir de cet affreux danger,
Je ne vois qu'un chemin pour vous en dégager :
Mais votre cœur peut-être à mes loix infidelle,
Oſera m'oppoſer une fierté rebelle.
Cependant je vous jure, & j'atteſte les Dieux,
Que mon deſſein, Madame, eſt juſte & glorieux,
Et que ſi vos refus le rendent inutile . . .

VIRGINIE.

Pour éviter les fers tout me ſera facile.

Pourquoi balancez-vous à me le propoſer ;
En ce funeſte état puis-je rien refuſer ?
Ne me le cachez plus, ſi la pitié vous touche.
Par où puis-je ?

APPIUS.

Il ne faut qu'un mot de votre bouche.
Oui, dès ce même jour vous briſerez vos fers ;
Vous même finirez tous vos malheurs divers,
Et porterez ſi haut l'éclat de votre vie,
Qu'aux premieres de Rome il pourra faire envie.
Si vous voulez . . .

VIRGINIE.

Et quoi ?

APPIUS.

Me prendre pour Epoux ;
Et par des nœuds ſacrés m'attacher tout à vous.
Venez : allons au Temple ; & que mon Hymenée,
Repare le malheur de votre deſtinée.
Que Clodius contraint de reſpecter mon choix,
N'oſe plus expoſer ſes téméraires droits.
Venez ; en partageant ma puiſſance ſuprême,
Vous acquérir des droits ſur Clodius lui-même,
Et prendre ſur ſes jours, à couvert de ſes coups,
La même autorité qu'il veut avoir ſur vous.

VIRGINIE.

Qu'entends-je ! juſte Ciel ! Et le pourrai-je croi-
re ?
Que de ſoupçons, Seigneur, mortels à votre
gloire.
Je vois, enfin, je vois la cauſe de mes pleurs ;
Et je connois la main d'où partent mes malheurs.
Clodius n'a point ſeul commencé ma diſgrace,
C'eſt un bras plus puiſſant qui ſoutient ſon auda-
ce.
Seigneur, vous m'entendez.

APPIUS.

Ah ! que ſoupçonnez-vous ?
Au moment que ma main vous dérobe à ſes
coups.
Que penſez-vous de moi.

VIRGINIE.

Ce qu'il falloit vous-même,
Me déguiſer toujours avec un ſoin extrême.
Mais c'eſt pouſſer trop loin ce funeſte entretien.
Faites votre devoir, & je ferai le mien,

SCENE V.

APPIUS, CLODIUS.

CLODIUS.

QU'AVEZ-vous fait, Seigneur ? Et que faut-il attendre ?

APPIUS.

Ah ! l'ingrate à mes vœux refuse de se rendre.

CLODIUS.

Quoi ! Seigneur, votre rang, vos soins, votre grandeur,
L'offre de votre main n'ont pû toucher son cœur.

APPIUS.

Si la seule grandeur satisfaisoit une ame.
Hélas ! serois-je en proie à ma cruelle flamme ?
Inutile puissance ! Importune grandeur,
Qui ne peut m'assûrer d'un solide bonheur.
Malgré tout mon pouvoir mon ame est à la gêne.
J'aime, j'offre ma main, je trouve une inhumaine :
Je me vois dédaigner, & mon amour confus,
Remporte seulement la honte d'un refus.

CLODIUS.

D'un diſcours imprévu, Virginie allarmée,
A ſuivi le panchant de ſon ame enflammée.
Mais ne vous troublez point de ce premier tranſ-
port,
D'un amour irrité, c'eſt le dernier effort.
Laiſſez paſſer, Seigneur, ſa premiere ſurpriſe;
Laiſſez lui peſer tout d'une ame un peu remiſe:
Lorſque d'un œil tranquille, & moins préoccupé,
Son cœur verra le coup dont il ſeroit frappé:
D'un côté votre Hymen, votre gloire en partage;
De l'autre les horreurs qui ſuivent l'eſclavage:
Son orgueil confondu par des emplois ſi bas.
Eh! doutez-vous, Seigneur, qu'elle ne change
pas;
Quand même à votre Hymen il faudroit la con-
traindre,
De votre cruauté, pourroit-elle ſe plaindre?
Vous ne la contraindrez, que pour la mieux ſer-
vir,
A ſes propres deſirs il vous la faut ravir,
Et l'arrachant par force à cette erreur qu'elle
aime,
Etablir ſon bonheur en dépit d'elle-même.

APPIUS.

Je te dois tout; ſuivons ce conſeil important,
Il détermine un cœur, irréſolu, flottant.

Ne nous contraignons plus par ce vain artifice ;
Tôt ou tard on ſçaura qu'elle eſt mon injuſtice ;
Ne ménageons plus rien, ſatisfaiſons nos vœux,
Et ne nous chargeons pas d'un crime infructueux :
De mon amour dépend le bonheur de ma vie ;
Il n'importe à quel prix j'obtienne Virginie.
Allons encor un coup lui préſenter ma main :
Allons mettre à ſes pieds le pouvoir ſouverain ;
Et ſi ſa flamme encor la ſéduit ou l'abuſe,
Forçons-là d'accepter l'honneur qu'elle refuſe.

Fin du ſecond Acte.

ACTE III.

SCENE PREMIERE.

PLAUTIE, FULVIE.

FULVIE.

Madame, où courez-vous? Vous verrai-je toujours
D'une douleur mortelle entretenir le cours?
Sourde à tous nos conseils désespérée, errante,
Loin d'adoucir vos maux chaque instant les augmente;
Un chagrin dévorant précipite vos pas;
Vous courez en cent lieux où vous n'arrêtez pas:
Tantôt parmi le peuple, & tantôt solitaire,
Tout ce que vous voyez ne fait que vous déplaire,
Aux discours des Romains touchés de vos malheurs!
Vous avez seulement répondu par des pleurs,
Leurs soins officieux ....

PLAUTIE.

Eh ! que puis-je répondre ?
Leurs difcours & leurs foins ne font que me confondre.
Pour flatter ma difgrace, ils m'en viennent parler,
Et leur zele ne fert qu'à la renouveller,
Leur pitié m'affaffine, & me devient funefte ;
Je ne vois point d'objet que mon cœur ne détefte :
En public, en fecret, une égale douleur,
Accable ma raifon, & déchire mon cœur.
Si je vais me cacher au fein de ma Famille,
Tout m'y femble odieux, je n'y vois plus ma fille ;
Sans elle mon Palais m'eft un défert affreux,
Et quand pour adoucir un fort fi rigoureux ;
Pleine de défefpoir, je cours, je vole au Temple.
Hélas ! par un deftin qui n'eut jamais d'exemple,
Cet afyle facré contre tous nos malheurs,
Qui, toujours des humains foulage les douleurs.
La préfence des Dieux irrite ma difgrace,
Puifque mes triftes yeux y remarquent la place ;
Où ces Dieux ont permis que des monftres cruels,
M'aient ravi ma fille au pied de leurs Autels.
Comment calmer les maux où mon malheur m'expofe,
Tout retrace à mes yeux la perte qui les caufe ?
Quoi que je faffe enfin, pour charmer mes ennuis,
Je rencontre partout les horreurs que je fuis.

FULVIE.

Mais, Madame, ſouffrez ....

PLAUTIE.

J'ai tout perdu Fulvie,
Et ne puis que traîner une importune vie :
Tandis que Virginie a lieu d'appréhender,
Au ſévere Appius je cours la demander :
Non, que j'oſe eſpérer qu'il daigne me la rendre,
Je ne veux ſeulement que l'obliger d'attendre,
Que mon Epoux du Camp ſoit ici de retour.
Hélas ! ce ſeul eſpoir raſſure mon amour ;
Si je puis le revoir, mes douleurs, & mes craintes,
Ne me donneront plus que de foibles atteintes.
Courrons donc eſſayer .... Mais que vois-je ! grand Dieux !
Quel objet imprévu ſe préſente à mes yeux ?
C'eſt Appius que ſuit mon ennemi perfide.
Ah ! je ne ſçais que trop le deſſein qui le guide.
Il lui parle en ſecret ... J'en frémis ....

SCENE II.

APPIUS, PLAUTIE, CLODIUS, FULVIE, FABIAN, PISON.

PLAUTIE.

Ah ! Seigneur,
Ecoutez-vous encor la voix d'un imposteur ?
Que dit-il ? Ose-t-il comblant sa perfidie,
Vous presser d'opprimer la triste Virginie ?
Ne préviendrez-vous pas son funeste dessein ?
Prêterez-vous le bras pour me percer le sein ?
Me refuserez-vous le secours que j'implore ?
Seigneur, entre nous deux balancez-vous encore ?
Faudra-t-il qu'à mes pleurs on puisse reprocher,
Qu'ils n'ont pas eu la force, hélas ! de vous toucher ?
Dans le temps qu'à vos yeux je suis presque mourante.
Mon extrême douleur sera-t-elle impuissante ?
D'un barbare projet vous connoissez l'Auteur :
Et mes tristes soupirs, mes transports, ma fureur,
Mon désespoir mortel, mon ardente priere,
Tout vous prouve, Seigneur, l'amitié d'une Mere.

Faut-il

Faut-il d'autres raisons pour vous persuader?
Il en est mille encore à qui tout doit céder.
Considérez, Seigneur .... Mais mon ame troublée,
Succombe à tant de maux dont elle est accablée,
Ma parole se perd... je cede à mes douleurs...
Hélas!.... je ne vous puis parler que par mes pleurs.

CLODIUS.

J'ose encor me flatter malgré tant d'artifice,
Que vous suivrez, Seigneur, la sévere Justice:
Je ne vous dis plus rien pour soutenir mes droits,
Vingt témoins différens ont d'assez fortes voix.
Donnez-moi Virginie, & forcez au silence,
Une femme en fureur dont la plainte m'offense;
Et qui s'autorisant de l'amour maternel,
Cache sous ce prétexte un dessein criminel.
Ne différez donc plus .... venez....

PLAUTIE *à Clodius.*

Tais-toi, parjure;
N'ajoute point encor l'outrage à l'imposture.
Seigneur, si mes soupirs peuvent vous émouvoir,
* Eloignez Clodius que je ne sçaurois voir,
Plus que tous mes malheurs sa funeste présence,
De mes profonds ennuis aigrit la violence,

* *Clodius.*

Vous me verrez ſans doute expirer en ces lieux
Si plus long-temps ce traître eſt préſent à mes yeux.

APPIUS.

Oui, Madame, je vais ſoulager votre peine,
* Sortez. Retirez-vous dans la chambre prochaine,
Je ſçaurai prononcer lorſqu'il en ſera temps.

* *à Clodius.*

CLODIUS.

Vous différez encor, Seigneur, je vous entends:
Vous n'oſez de Plautie augmenter la miſere:
Mais un Chef des Romains doit être plus ſévere,
Juſte à récompenſer, intrépide à punir;
Il doit voir le paſſé ſans craindre l'avenir;
Sans qu'aucun intérêt le retienne ou l'anime,
Et la pitié d'un Juge eſt ſouvent un grand crime;
Puiſque la vôtre ici combat votre devoir.
Seigneur, je vais d'un autre implorer le pouvoir,
Votre retardement me ſervira d'excuſe,
Si je demande ailleurs le bien qu'on me refuſe.

SCENE III.

APPIUS, PLAUTIE, FULVIE, FABIAN, PISON.

APPIUS.

Vous le voyez, Madame, il va chercher ailleurs,
L'inévitable Arrêt qui comble vos malheurs.
J'ai crains de prononcer cet Arrêt si funeste,
Et dans vos déplaisirs cette douceur me reste,
Qu'une autre main au moins vous portera les coups,
Dont mon cœur allarmé frémit déja pour vous.

PLAUTIE.

Eh quoi ! votre pitié sera-t-elle inutile ?
Ne peut-elle, à mon sang, assurer un asyle ?
Ne peut-elle, Seigneur, détourner loin de moi,
Ces coups dont votre cœur a déja quelque effroi ?
Dans mes justes desirs me seriez-vous contraire ?
Servirez-vous plutôt l'ennemi que la Mere ?
Il demande ma fille : & sur quoi ? Par quels droits ?
Son Esclave a parlé ; mais il n'a point de voix.

Un homme que le sort dans les fers a fait naître,
N'a d'autre volonté que celle de son Maître,
Plutôt mort que vivant comblé d'un long ennui:
Il ne peut ni parler ni vivre que pour lui.
Seigneur, sans écouter ce suspect témoignage,
De l'amour d'un Epoux, rendez-moi le saint gage:
Pour prononcer au moins attendez son retour;
Vous le verrez sans doute avant la fin du jour:
C'est lui qui soutiendra les droits de sa Famille
C'est à lui de défendre & de sauver sa fille.
Brisera-t-on des nœuds que le sang a formés,
Ces saints nœuds par l'Amour, par le temps confirmés,
En condamnant la fille on condamne le Pere?
Et peut-on lui ravir ce sacre caractere,
Que la forte nature a pris soin de graver,
Et dont même les Dieux ne sçauroient le priver!

APPIUS.

Modérez les terreurs de votre ame craintive,
Puisque vous le voulez j'attendrai qu'il arrive.
Madame; mais enfin, que fera votre Epoux,
Que déja ma pitié n'ait pas tenté pour vous,
Pour tâcher de vous rendre une fille si chere,
Je n'ai pas attendu les larmes de sa mere.
J'avois formé tantôt un généreux dessein,
Et que les Dieux sans doute avoient mis dans mon sein.

J'allois avec éclat réparer ſa miſere :
Mais elle a refuſé ce conſeil ſalutaire,
Et préféré les fers qui menacent ſes jours,
A la néceſſité d'accepter mon ſecours.

PLAUTIE.

Que dites-vous, Seigneur, l'ingrate Virginie,
Refuſe le ſecours qui la rend à Plautie ?
Et ſans égard pour vous, ſans tendreſſe pour moi,
Elle aime mieux ſubir une ſi dure loi :
Elle ſe livre entiere au Deſtin qui la joue.
Seigneur, s'il eſt ainſi mon cœur la déſavoue :
Mais ne puis-je ſavoir ce deſſein glorieux,
En faveur de ma fille inſpiré par les Dieux.

APPIUS.

Je la vois qui paroît, elle peut vous l'apprendre :
Mais ſongez que des fers, rien ne la peut défendre;
Si, toujours obſtinée en ſon premier deſſein,
Elle fuit les bienfaits qui partent de ma main.

SCENE IV.

PLAUTIE, VIRGINIE, FULVIE.

PLAUTIE.

QUi pourra m'expliquer ce trouble & ce silence,
Du discours d'Appius, que faut-il que je pense ?
Ma fille, devois-tu refuser le secours,
Qui te rend à Plautie & rassure tes jours ?

VIRGINIE.

Ah ! quand vous le sçaurez ce secours si funeste,
Vous le détesterez comme je le déteste.
Dieux ! à quel prix cruel ! A quelle extrémité,
Le perfide Appius a mis ma liberté ?
Dure, dure toujours le malheur qui me presse,
Si je n'en puis sortir que par cette bassesse.

PLAUTIE.

Comment ? Que prétend-t-il ? Quel injuste dessein ?

VIRGINIE.

Me forcer malgré moi de lui donner la main.

Il n'a pu me cacher sa tyrannique flamme ;
Ses yeux & ses discours m'ont découvert son ame.
Que vous dirai-je enfin, vos craintes, mon malheur,
Sont les tristes effets de sa coupable ardeur ?

PLAUTIE.

O coup ! O trahison à jamais inouïe !
Peut-on jusqu'à ce point pousser la perfidie ?
O Ciel ! as-tu permis que le cœur d'un Romain,
Ait osé concevoir cet horrible dessein.

VIRGINIE.

Hélas ! dans quel état le Tyran ma laissée,
Le plus sensible effort de ma douleur passée ?
Tout ce que j'ai souffert ne sçauroit égaler
Les maux dont son amour commence à m'accabler.
Mais Grands Dieux ! Quel sera le désespoir d'Icile,
Quand de la trahison averti par Camille,
Il sçaura qu'Appius ne s'arme contre moi,
Qu'afin de me contraindre à violer ma foi ?
Ah ! pour tirer raison d'un si cruel outrage,
Que n'entreprendront point sa haine & son courage ?
Dans quels nouveaux périls se va-t-il engager ?
Sans doute en ce moment tout prêt à se venger.
Il va....

SCENE V.

ICILE, PLAUTIE, VIRGINIE, FULVIE, CAMILLE, SEVERE.

ICILE.

CONSOLEZ-vous, & retenez vos larmes.
Madame, je ſçais tout, & conçois vos allarmes.
Mais les gémiſſemens ſont ici ſuperflus ;
Appius périra, vous ne le craindrez plus.
Nos généreux amis partagent notre offenſe,
Et brûlent d'en tirer une prompte vengeance.
D'abord que le Tyran ſortira du Palais,
Tout ſon ſang répandu lavera ſes forfaits.
Et dans le déſeſpoir, Madame, qui me guide,
Moi ſeul je percerai le cœur de ce perfide :
Attendez cet effort de ma juſte fureur.

PLAUTIE.

O Ciel ! quel doux eſpoir je ſens naître en mon cœur ;
Vous allez immoler la main qui nous outrage.
Mais Dieux ! en quel deſſein votre amour vous engage ?

Vous vous flattez en vain de pouvoir l'accabler.

VIRGINIE.

Cessez, Seigneur, cessez de nous faire trembler;
De ce fatal projet vous seriez la victime,
Et quand vous perdriez le Tyran qui m'opprime.
Qu'Appius périroit; croyez que son trépas,
D'un esclavage affreux ne me sauveroit pas.
Neuf Tyrans resteroient qui pour venger sa perte,
Prendroient pour nous punir l'occasion offerte.
Je verrois ces cruels armés contre vos jours,
Se prêter à l'envi des funestes secours.
Et présenter enfin à mon ame étonnée,
Vôtre mort, & les fers où je suis destinée.

ICILE.

Ne vous allarmez point, craignez moins leur pouvoir;
Madame, j'ai prévû tout ce qu'il faut prévoir,
Perdre un de nos Tyrans sans accabler les autres,
Ce seroit redoubler vos périls & les nôtres,
Pour terminer l'horreur de votre triste sort,
De tous les Decemvirs j'ai résolu la mort;
Et sans borner mes coups à la perte d'un homme,
Je veux avec vos fers rompre encor ceux de Rome;

Vous venger l'une & l'autre, & remplir en ce jour,
Les devoirs de ma gloire, & ceux de mon amour.
Je remarque à vos yeux qu'elle extrême surprise,
Jette dans vos esprits une telle entreprise ;
Sans doute vous croyez que ce hardi projet,
Est de mon désespoir un téméraire effet,
Qu'aujourd'hui seulement j'en ai conçu l'idée :
Mais d'un noble courroux mon ame possédée,
A formé dès long-temps ce généreux dessein,
L'Amour ne la point seul fait naître dans mon sein.
Seulement les malheurs que pour vous j'appréhende,
Me font précipiter une action si grande.
Quand je tremble pour vous, rien ne peut m'arréter,
Et je suis assez fort pour tout exécuter,
Nos Tyrans séparés dans nos camps, dans la ville,
Rendent de ce projet le succès plus facile,
Horace, Numitor, Valere & Lœlius,
Doivent au Tribunal immoler Oppius.
Je dois accompagné d'une nombreuse escorte,
De ce Palais fatal environner la porte :
Dont Appius sortant par mille coups certains,
Nous préviendrons l'horreur de ses lâches desseins.
Les Chefs & les Soldats n'attendent à l'Armée,
Que d'ouïr de nos faits parler la Renommée :

Et dès le même instant de nos exploits jaloux,
Impatiens, heureux, & hardis comme nous,
Vous les verrez poussés d'une ardeur magnanime,
De disputer l'honneur d'abbattre une victime;
Et sur huit ennemis confondans leurs efforts,
A chacun des Tyrans assurer mille morts.
Le Peuple fatigué d'un pouvoir tyrannique,
Est tout prêt de finir la misere publique:
Déja pour l'animer j'ai sçu peindre à ses yeux,
Les funestes horreurs qui désolent ces lieux;
Les sacrés Tribunaux ouverts à l'avarice,
Le commerce honteux qu'on fait de la Justice,
Le Sénat dépeuplé des anciens Sénateurs,
Leur puissance donnée à d'indignes flatteurs,
Le crime triomphant, l'innocence tremblante;
Du sang de ses Héros Rome toujours fumante:
Les tragiques effets du fer & du poison,
La violence jointe avec la trahison;
La pudeur exposée à de coupables flammes;
Les Vestales en proie à des monstres infâmes:
Tous nos Temples détruits, déserts, ou prophanés;
Les augures confus, les Prêtres consternés.
Enfin, des maux plus grands, un joug moins supportable,
Que ne fut de Tarquin le regne abominable.
Le Ciel me favorise, & je puis en ce jour,
Servir la République en servant mon amour:

Si je reviens vainqueur, ma gloire eſt infinie ;
J'affranchis ma Patrie, & j'acquiers Virginie ;
Et s'il faut ſuccomber dans un ſi noble effort,
Où pourrois-je trouver une ſi belle mort ?

VIRGINIE.

Je n'oſe condamner l'ardeur qui vous entraîne ;
Je vous aime, & je crains : mais j'ai l'ame Romaine.
L'intérêt du pays doit ici prévaloir :
Tout cede dans mon cœur à ce premier devoir.
Je ne vous aurois pas hazardé pour moi-même :
Mais je conſens pour lui d'expoſer ce que j'aime.
Le généreux Amour qui regne dans mon cœur,
Ne veut point d'un Amant enchaîner la valeur.
Je brûle, comme vous, de voir Rome ſauvée,
De voir votre vertu juſqu'aux Cieux élevée :
Joignez tous les devoirs de Héros & d'Amant,
Ils ſe peuvent entre-eux ſecourir puiſſamment,
Leur union vous offre une double victoire :
Du côté de l'amour, du côté de la gloire ;
De toutes parts enfin, vous ſerez couronné,
Comme illuſtre Guerrier, comme Amant fortuné.
Les Romains admirant cette grande victoire,
Dreſſeront des Autels, Seigneur, à votre gloire.
Et moi n'en doutez point à votre heureux retour,
Je prends ſur moi le ſoin de couronner l'amour.

ICILE.

Ah ! fouffrez....

VIRGINIE.

Mais, hélas ! que je fuis infenfée !
Je me laiffe féduire à ma douce penfée ;
Peut être que le fort nous menace tous deux,
Le plus jufte parti n'eft pas toujours heureux.
N'importe ; allez, Seigneur, & fi la deftinée,
Marque de votre mort cette trifte journée.
Je jure que mon fang par ma main répandu,
Dans le vôtre auffi-tôt fe verra confondu.
Que mon bras....

ICILE.

Eloignez cette funefte image ;
J'accepte feulement votre premier préfage ;
J'efpere qu'aujourd'hui, content, victorieux.
Madame, je viendrai vous tirer de ces lieux.
Adieu.

PLAUTIE.

Je vous fuivrai, Seigneur, & mon courage ;
Veut avoir quelque part dans ce fameux ouvrage.

SCENE VI.

PLAUTIE, VIRGINIE, FULVIE, CAMILLE.

VIRGINIE.

QUOI ! vous voulez vous-même...

PLAUTIE.

Oui, je veux que mes cris,
Réveillent la vertu des Romains assoupis.
Je veux leur inspirer les transports de mon ame,
Sans doute ils rougiront en voyant une femme,
Moins timide cent fois, & plus Romaine qu'eux,
Tâcher de ranimer cet esprit généreux,
Qu'a versé dans leur sein le sang de leurs ancêtres,
Sans cesse révolté contre d'injustes Maîtres.
Ah ! songe quel triomphe, & quel bonheur pour nous,
Si tandis que l'on voit mon invincible Epoux,
Des périls du dehors, nous sauver, nous défendre,
L'on voit en même-temps son épouse, & son gendre,

Affranchir Rome encor du joug des Decemvirs,
Et le sort secondant nos soins & nos desirs.
Votre Famille seule assurant sa mémoire,
D'un Empire si Saint faire toute la gloire.

VIRGINIE.

Je conçois la grandeur d'un si noble dessein.
Mais hélas ! que je crains qu'on ne le tente en
vain.
Je crains....

SCENE VII.

PLAUTIE, VIRGINIE, CAMILLE, FULVIE, SEVERE.

SEVERE.

N'ATTENDEZ plus un secours inutile,
Madame, c'en est fait ; on nous enleve Icile.
Un traître qu'il croyoit ferme en ses intérêts,
Vient d'instruire Appius de ses desseins secrets,
Dans le moment qu'Icile alloit tout entrepren-
dre ;
On l'a mis hors d'état de vous pouvoir défen-
dre.

De sa juste colere on prévient les effets.
On le vient d'arrêter en sortant du Palais.

PLAUTIE.

O Ciel !

VIRGINIE.

Cruel destin ! Quelle persévérance :
Puis-je après un tel coup avoir quelque espérance.
Vous le voyez, Madame, il n'est plus de secours ;
Il est temps de finir mes déplorables jours :
Icile est arrêté, le Ciel nous est contraire,
Il nous prive à la fois de l'Amant & du Pere.
C'en est fait, je me livre à mon seul désespoir.

PLAUTIE

Ah ! prends sur toi ma fille un peu plus de pouvoir.
Mourir lorsque le sort rend la vie importune,
C'est l'ordinaire effet d'une vertu commune :
Mais vivre en essuyant ses plus funestes coups,
Lui faire voir un cœur plus grand que son courroux :
C'est-là que la vertu doit briller davantage ;
Dans ces extrémités éclate un grand courage.
Que te dirai-je, enfin ; tu dois par ces efforts,
Me prouver qu'en effet, c'est de moi que tu sors.

VIRGINIE.

VIRGINIE.

Qu'exigez-vous de moi ? Pourquoi vouloir Madame,
'aire durer les maux qui déchirent mon ame,
a mort les eût finis : loin de vous allarmer ;
ı ce juste dessein vous deviez m'animer.
'rête à souffrir des fers l'affreuse ignominie,
lien ne semble à mon cœur si cruel que la vie :
lélas ! pour me tirer du gouffre où je me voy,
Qu'elles mains ! Quels amis voudront s'armer pour moi.

PLAUTIE.

'ous les Romains ta cause, est la cause commune :
l s'agit de leur sort comme de ta fortune ;
e perfide Appius a commencé par nous :
lais demain sur quelque autre il portera ses coups.
i tous nos Citoyens armés pour ta défense,
l'assurent leur repos en vengeant notre offense.
e vais par un récit des maux que je prévoi,
'aire trembler les cœurs des Meres comme moi.
e vais les allarmer pour toute leur Famille,
'ar l'exemple inoui des malheurs de ma fille.
e vais tout animer contre Appius, enfin,
e cours périr moi-même, ou changer ton destin.

VIRGINIE.

Secondez Dieux puiſſans ce deſir légitime!
Que ſi pour vous fléchir, il faut une victime.
Frappez me voilà prête, & par un prompt effort,
Epargnez-moi des maux plus cruels que la mort.

Fin du troiſieme Acte.

ACTE IV.

SCENE PREMIERE.

APPIUS, CLODIUS.

CLODIUS.

OUI ce Rival heureux par la fin de sa vie,
Bien-tôt à vos transports livrera Virginie ?
Que tardez-vous, Seigneur, à le faire périr ?
Vengez-vous des tourmens qu'il vous a fait souffrir :
Craignez-vous par sa mort de vous charger d'un crime,
Croyez-vous....

APPIUS.

Non, je crois sa peine légitime.
N'a-t-il pas hautement par un lâche attentât,
Assemblé ses amis, voulu troubler l'Etat ?
Sa perte en ce moment est juste & nécessaire :
Mais Virginie....

CLODIUS.

Eh bien ! craignez-vous ſa colere ?
Détrompez-vous, Seigneur, peut-être qu'aujourd'hui,
Elle attend un prétexte à renoncer à lui.
Peut-être qu'en ſecret ſenſible à votre gloire ;
Son cœur déja charmé vous cede la victoire :
Mais l'honneur fier Tyran de ſes vœux les plus doux,
L'empêche ſeulement de s'unir avec vous.
Epargnez-lui, Seigneur, la cruelle contrainte,
D'entendre d'un Amant la pitoyable plainte,
Perdez-le, & par ſa mort aſſurez-vous d'un cœur,
Déja preſque inſenſible à ſa premiere ardeur,
Et qui pour ſe donner n'attend plus rien peut-être,
Que l'éclat d'un amour qui doit parler en maître.

APPIUS.

Quelle honte pour moi, s'il faut que mon amour,
Pour vaincre mon Rival lui raviſſe le jour !
Quel triomphe pour lui ! Quelle gloire immortelle,
De n'avoir jamais vû Virginie infidelle ;
D'avoir gardé ſon cœur : enfin, d'avoir vaincu,
Ma grandeur, & mes feux tant qu'il aura vécu.

CLODIUS.

Et qu'importe, Seigneur ; quel scrupule vous presse ?

APPIUS.

J'aime pour mon malheur avec trop de tendresse.
Enfin, de mon Rival je me vengerai mieux,
Si je puis épouser Virginie à ses yeux.
J'attends ici l'ingrate, & ne veux plus lui taire,
De nos desseins secrets le dangereux mystere.
Je vais tout employer pour ébranler sa foi ;
Priere, soin, respect, amour, menace, effroi.
J'espere que des fers l'épouvantable image,
Et qu'Icile mourant fléchiront son courage.
Je vais lui faire voir son Amant enchaîné,
Aux plus cruels tourmens, à la mort condamné.
Il est instruit déja que pour sauver sa vie,
Il doit en ma faveur parler à Virginie ;
Qu'il ne peut qu'à ce prix échapper à la mort;
Peut-être mon Rival fera-t-il cet effort.
Que je serois heureux si par cette foiblesse,
Il ne méritoit plus l'objet de sa tendresse,
Qu'en la tenant de lui j'eusse encor la douceur ;
D'avoir flétri sa gloire, & fait trembler son cœur !
Cependant, cours ami, t'informer dans la ville,
Des discours, des desseins des Partisans d'Icile,
Examine avec soin, observe exactement,
Les démarches qu'ils font, leur moindre mouvement.

Vas, tu m'apprendras tout, comme témoin fidelle,
Virginie entre ; il faut m'expliquer avec elle.

SCENE II.

APPIUS, VIRGINIE, CAMILLE.

APPIUS.

Madame, il faut enfin vous découvrir
mon cœur :
Il faut de mon amour vous déclarer l'ardeur ;
En ce moment fatal je ne sçaurois plus feindre ;
Depuis assez long-temps je cherche à me con-
traindre.
Pour vous j'ai tout trahi, gloire, devoir, emploi ;
L'amour fait tous mes soins, & mon unique loi.
Je suis les mouvemens d'une aveugle tendresse,
Et si votre pitié pour moi ne s'intéresse,
Songez que rien ne peut ébranler mon dessein ;
Que je ne perdrai pas toute ma gloire en vain.
Songez...

VIRGINIE.

Vous m'aimez donc, Seigneur, & votre flâme,
Par d'illustres effets se déclare à mon ame.

ırbare, de quel front m'osez-vous présenter
ne main attachée à me persécuter?
frémis à la voir cette main violente,
ui m'arracha des bras d'une Mere tremblante,
ui m'a déja causé tant de malheurs divers,
pour toucher mon cœur me présente des fers:
omment avez-vous cru qu'au mépris de ma gloire,
on cœur lâche & cédant une indigne victoire,
'un si funeste Hymen voulût former les nœuds,
t joindre l'innocence à vos crimes affreux?

APPIUS.

h! cruelle! est-ce à vous de parler de mes crimes?
eur seule cause hélas! les rend trop légitimes.
st-ce à vous de montrer à mon cœur abbattu,
u'il a souillé sa gloire & trahi sa vertu?
l'osez-vous reprocher mon ardeur criminelle?
ous qui rendez mon cœur à son devoir rebelle;
ous qui seule causez mes forfaits odieux,
h! je puis justement en accuser vos yeux!
eur demander raison des malheurs de ma flamme:
le mon repos perdu, du trouble de mon ame,
l'avoir de mon esprit malgré mes soins prudens,
ffacé les leçons de plusde quarante ans,
t d'avoir fait enfin, par un coup effroyable,
l'un Souverain heureux, un Amant misérable,

Auſſi n'eſpérez pas de pouvoir m'abuſer,
Je connois la raiſon qui vous fait m'accuſer,
Pour un heureux Rival votre ardeur empreſſée,
Fait que de tous mes ſoins vous êtes offenſée.
Cet Icile l'objet de vos ardens ſouhaits,
Me défend. . .

VIRGINIE.

Oui, je l'aime autant que je vous haïs.
Vous me tyranniſez, il m'a toujours ſervie;
Il fait tout le bonheur; vous l'horreur de ma vie.
Et je voyois enfin, dans cet illuſtre Epoux,
Encor plus de vertus que de crimes en vous.

APPIUS.

On conſerve ſans peine une entiere innocence,
Quand un bonheur conſtant, prévient notre eſpérance.
Icile ſatisfait dans ſes vœux les plus doux;
Tranquille, glorieux, enfin aimé de vous.
A-t-il pû juſqu'ici ſe charger d'aucun crime?
Mais ſi de vos mépris déplorable victime;
Accablé des tourmens que mon cœur a ſoufferts,
Il avoit reſſenti tout le poids de mes fers.
Si vous l'aviez contraint d'aimer ſans eſpérance,
Qu'il eut eu comme moi la ſuprême puiſſance.
Cet Icile à vos yeux digne de votre foi,
Seroit peut-être encor plus coupable que moi.

Ah ! ſon bonheur allume un courroux dans mon
ame.
Qui pourroit . . . . mais ſongez à répondre à ma
flamme.
Autrement malgré moi . . .

VIRGINIE.

Favorable retour.
Votre courroux me plaît bien plus que votre
amour.
Menacez, accablez l'impuiſſante innocence ;
Je crains moins les tourmens qu'un amour qui
m'offenſe :
Je prefere mes maux à d'injuſtes bienfaits.
Armez votre fureur, j'en brave les effets.

APPIUS.

Hé bien, pour me venger de votre ingratitude,
Vos malheurs ne ſont pas un ſupplice aſſez rude ;
Et je veux déſormais vous porter d'autres coups,
Moins funeſtes pour moi ; mais plus cruels pour
vous :
Je jure qu'il n'eſt rien que ma fureur ne tente ;
L'Amant me répondra des mépris de l'Amante.
C'eſt lui qui rend pour moi votre cœur ſi cruel,
Et puiſque vous l'aimez, il eſt trop criminel.
Il faut par un ſeul coup accabler l'un & l'autre ;
Je percerai ſon cœur qui me ravit le vôtre,

Pour gouter à la fois le plaisir sans égal,
De punir vos dédains, & de perdre un Rival.

VIRGINIE.

Hélas! Seigneur....

APPIUS.

Pour vous la menace est terrible.
Je vous frappe à la fin par votre endroit sensible:
Mais ne m'accusez point; c'est vous qui l'ordonnez,
Et c'est par vos mépris que vous l'assassinez.

VIRGINIE.

Il mourra donc, Seigneur, & c'est moi qui l'oprime:
N'importe, je suivrai cette chere victime;
Et par ce grand effet d'une immortelle foi,
Je le vengerai bien si vous brûlez pour moi.
Votre esprit libre alors de sa jalouse envie,
Verra qu'un même coup aura fini ma vie,
Et j'aurai ce plaisir parmi tous mes malheurs,
Que la mort d'un Rival vous coutera des pleurs.

APPIUS.

Madame, prévenons un malheur si funeste,
Du temps que je vous donne employez mieux le reste.

Icile en ce moment va paroître à vos yeux :
J'ai moi-même ordonné qu'on l'amene en ces lieux.
Il vient.

SCENE III.

APPIUS, ICILE, VIRGINIE, CAMILLE, PISON, GARDES.

APPIUS *à Icile.*

Derobez-vous au coup qui vous menace,
Icile, par vos ſoins méritez votre grace.
* Madame, ſongez-y vous ſçavez mon deſſein.
Il me faut dès ce ſoir ſon ſang ou votre main.
Je ſors pour un moment. Gardes qu'on ſe retire.

* *à Virginie.*

SCENE IV.

ICILE, VIRGINIE, CAMILLE.

VIRGINIE.

Vous avez entendu ce qu'il vient de nous dire.
Cessons de nous flatter : voici le jour affreux,
Où l'on va pour jamais nous séparer tous deux.
De notre heureux Hymen l'espérance est perdue,
Je ne puis qu'un moment jouir de votre vuë,
Et vous n'ignorez pas à quel funeste prix,
Ce dernier entretien vient de m'être permis.

ICILE.

Je sçais que contre moi l'on met tout en usage,
Même pour essayer d'ébranler mon courage,
On a fait en passant étaler à mes yeux,
De mon trépas certain l'appareil odieux ;
Et les tristes apprêts des tourmens redoutables,
Dont la rigueur des loix punit les grands coupables :
Mais parmi ces objets, mon cœur sans s'émouvoir,
N'a songé seulement qu'au plaisir de vous voir.

Madame, qu'il m'eſt doux de vous parler encore,
De pouvoir attendrir la beauté que j'adore,
Et de voir une fois, au moins avant ma mort,
Vos yeux donner des pleurs à mon funeſte ſort :
Car ne préſumez pas que mon ame étonnée,
Vienne vous conſeiller un honteux hymenée.
Si le lâche Appius étoit digne de vous,
J'oſerois vous prier d'en faire votre époux ;
Je vous immolerois mon amour & ma vie,
Je ſerois trop heureux de vous avoir ſervie,
Et d'avoir en mourant pû mettre entre vos mains,
La ſuprême puiſſance, & le ſort des Romains.
Ne penſez pas auſſi que je vienne, Madame,
Pour vous ſolliciter en faveur de ma flamme.
Votre bonté pour moi feroit tomber ſur vous,
La fureur d'un Rival tout puiſſant & jaloux.
Sauvez vous . . . .

VIRGINIE.

Arrêtez, en ce malheur extrême,
Je prétends déſormais me conſeiller moi-même.
Je vois ce qu'il faut faire & ne balance plus,
Vos conſeils & vos ſoins ſont ici ſuperflus.
Je ſçais par où finir vos maux & ma miſere ;
Et dès ce même jour . . . .

ICILE.

Quoi ! que voulez-vous faire ?
Par où prétendez-vous nous pouvoir ſecourir ?

Qu'avez-vous résolu, Madame ?

VIRGINIE.

De mourir.

ICILE.

Ah ! Ciel !

VIRGINIE.

Le sort nous force à périr l'un & l'autre.
Mais souffrez que ma mort précede au moins la vôtre :
Je le veux ; votre cœur ne doit point l'envier,
Le plus foible des deux doit mourir le premier :
J'ai du courage assez pour m'immoler moi-même,
Et n'en ai point pour voir expirer ce que j'aime.

ICILE.

Ah ! renoncez, Madame, à ce cruel dessein !
J'en frémis....

VIRGINIE.

Vous tremblez, & vous êtes Romain.

ICILE.

Oui, je tremble, sans doute, & je vous le confesse :
Mais mon cœur s'applaudit d'avoir cette foiblesse ;

Je verrois vos beaux yeux se fermer pour jamais.
Ah ! plutôt . . . .

VIRGINIE.

Le trépas fait mes plus doux souhaits.
Mourons, puisqu'il le faut, généreux & fidéles ;
Emportons au tombeau nos ardeurs mutuelles.
Servons de noble exemple au siécle à venir,
D'une foi que la mort n'aura pû désunir ;
Remportons du Tyran une entiere victoire ;
Mourons, & me laissant partager votre gloire ;
Faisons que l'Univers déplore notre mort,
Et forçons le Tyran d'envier notre sort.

ICILE.

Non, Madame, vivez . . . . Mais le Tyran s'approche.
C'en est fait, de ma mort l'instant fatal est proche,
Le supplice m'attend au sortir de ce lieu,
L'appareil est tout prêt ; & pour jamais, adieu :
Je ne vous verrai plus... mais je vous prie encore,
C'est le dernier souhait d'un cœur qui vous adore,
De vouloir . . .

SCENE V.

APPIUS, ICILE, VIRGINIE, CAMILLE, FABIAN, PISON, GARDES.

APPIUS.

Quel ſuccès aura votre entretien ?
Qu'avez-vous reſolu ? Parlez, Icile.

ICILE.

Rien.

APPIUS.

C'eſt donc-là tout l'effet d'une telle entrevue;
C'eſt ainſi que pour moi vous l'avez réſolue ;
J'ai cru que par vos ſoins je recevrois ſa foi.

ICILE.

Je n'ai pas eulement daigné penſer à toi.
Comment t'es-tu flatté que pour ſauver ma vie,
Je viendrois pour tes feux parler à Virginie ?
J'ai dû mieux employer un temps ſi précieux,
Qu'à ſervir d'un Tyran les deſſeins odieux.

APPIUS.

.h! perfide ! ta mort : mais une mort cruelle,
unira de ton cœur l'audace criminelle;
.ien ne te peut sauver ; c'en est fait.

ICILE.

Hâte-toi.
.a mort n'a rien d'affreux ni de triste pour moi.
Mais, que dis-je ? ma mort encor plus que ma vie,
De ton amour jaloux excitera l'envie.
e mourrai plaint, heureux, & sans être trahi;
Tu vivras criminel, malheureux, & haï.

VIRGINIE.

Cesse de te flatter, en vain ta tyrannie,
s'attache à séparer Icile, & Virginie:
En vain d'un feu si beau tu veux rompre le cours.
L'Amour plus fort que toi nous rejoindra toujours.

APPIUS.

Oui, vous serez unis.... mais c'est vous faire grace;
Il faut bien autrement confondre votre audace.
Vous voulez m'irriter, un trépas éclatant,
Est le suprême bien que votre amour attend:

Mais vous vous abusez, mon adroite colere,
Par un long châtiment cherche à se satisfaire.
Je prétends que vos cœurs endurent chaque jour
Mille tourmens divers, mille maux tour à tour.
Vous craindrez pour sa vie, il craindra pour la vôtre :
Ainsi vous tremblerez sans cesse l'un & l'autre,
Et pourvu que l'effet réponde à mes projets,
Vous mourrez mille fois sans expirer jamais.
(*aux Gardes.*)
Qu'on les remene.

VIRGINIE.

Adieu, Seigneur.

ICILE.

Adieu, Madame.

SCENE VI.

APPIUS *seul.*

C'EN est fait, bannissons la pitié de mon ame.
Ne songeons qu'à venger le mépris....

SCENE VII.

APPIUS, CLODIUS.

CLODIUS.

AH ! Seigneur.
autie....

APPIUS.

Et bien.

CLODIUS.

Craignez sa fatale douleur.
n la voit en tous lieux de Romaines suivie,
tous nos Citoyens demander Virginie.
es femmes à l'envi par de tristes accords,
xpriment leurs regrets en des termes si forts,
u'il semble que chacune ayant perdu sa fille,
éplore les malheurs de sa propre Famille :
es unes par des pleurs exhalent leur courroux ;
'autres pour animer le peuple contre vous,
oussent jusques au Ciel mille cris pitoyables ;
lusieurs pour éviter des disgraces semblables,
mbrassent leurs enfans, & courent les cacher,
raignant que de leurs bras on les vienne arracher.

Enfin, à les ſauver leur amitié s'empreſſe,
Et la peur de les perdre augmente leur tendreſ
D'ailleurs les Partiſans de votre heureux Riv
Sement partout un bruit qui vous ſeroit fatal.
On dit que c'eſt l'amour & non pas ma priere
Qui vous fait enlever Virginie à ſa Mere.
Pour vous juſtifier dans l'eſprit des Romains
Il faut dès ce moment la remettre en mes mai
Attendant que ce bruit avec le temps s'efface.

APPIUS.

Viens, ſuis-moi, nous verrons ce qu'il faut q
je faſſe.

Fin du quatrieme Acte.

ACTE V.

SCENE PREMIERE.

PLAUTIE, PISON, FULVIE.

PLAUTIE.

QUOI ! l'on me traîne ici ! Quel injuste projet.

PISON.

x ordres d'Appius j'obéis à regret ;
dame : mais . . .

PLAUTIE.

O Dieux ! quelle fureur l'anime ;
n est fait, ce Tyran marche de crime en crime ;
tient Virginie, & me fait arrêter.

PISON.

dame, à cet effort il a dû se porter ;
soin de son salut l'a forcé d'y souscrire :
n'a pû s'en défendre, & j'oserai vous dire,

Que ſon cœur inquiet a long temps balancé ;
Mais d'un péril trop grand il s'eſt vû menacé.
Vos pleurs étoient plus forts que les armes d'I-
cile.
Déja de toutes parts on voyoit dans la ville,
Les femmes à l'envi ſur vos pas s'aſſembler.
Déja..,

PLAUTIE.

Quoi ! nos clameurs l'ont pû faire trembler !
Il craint notre douleur dont les plus fortes ar-
mes,
N'ont été que des vœux, des ſoupirs, & des lar-
mes.
Mais voilà le deſtin des Tyrans tels que lui,
Ils traînent avec eux un éternel ennui ;
Et c'eſt des juſtes Dieux un ordre légitime,
Que la crainte ſans ceſſe accompagne le crime.
Sa rage va ſans doute éclater contre moi.

SCENE II.

LAUTIE, VIRGINIE, PISON, FULVIE, CAMILLE.

VIRGINIE.

UYONS, Camille. Ah! Ciel! eſt-ce vous que je vois?
ladame, quel deſſein ici vous a conduite?

PLAUTIE.

lais, toi-même: quelle eſt la raiſon de ta fuite?
)u'a fait notre ennemi? Qu'eſt-ce qui s'eſt paſſé?

VIRGINIE.

ladame, mon Arrêt vient d'être prononcé.

PLAUTIE.

Que dis-tu?

VIRGINIE.

Le Tyran ſans égard pour ſa gloire,
)e ſes derniers ſermens oubliant la mémoire;

A ſuivi les conſeils de ſon funeſte amour,
Et n'a pas de mon Pere attendu le retour.
Par ſon ordre tantôt conduite en ſa préſence,
J'ai conçu les raiſons de ſon impatience;
J'ai jugé que l'excès d'un amour criminel,
M'alloit abandonner au ſort le plus cruel.
L'effet n'a point trompé mon préſage ſiniſtre,
Appius m'a livrée à ſon lâche Miniſtre;
Il a fait Clodius le Maître de mon ſort,
Pour éviter les fers, je ne vois que la mort.
Il faut mourir, Madame, & que cette journée
Termine mes malheurs avec ma deſtinée.

PLAUTIE.

Quel funeſte deſſein! N'eſt-il point de ſecours?
Dieux tous puiſſans....

VIRGINIE.

Les Dieux nous ſont cruels & ſourds.
Je n'eſpere plus rien, & mon ame aſſurée,
Au plus grand des tourmens eſt enfin préparée.
Clodius me pourſuit, des Gardes furieux,
Viendront dans un moment m'enlever de ces lieux.
Vous allez voir, Madame, une troupe barbare....

PLAUTIE.

Ah! quel ſpectacle encor pour mes yeux ſe prépare!

Ma

Ma fille, je verrai de farouches ſoldats,
Une ſeconde fois t'arracher de mes bras.
Je t'entendrai gémir, & ma tendreſſe oiſive...
Non, malgré leurs efforts, il faut que je te ſuive.
En vain ces inhumains voudront nous ſéparer.

VIRGINIE.

Madame, à cet effort il faut vous préparer;
Je conçois par les pleurs dont votre amour m'honore,
Quelle vive douleur? quel chagrin vous dévore?
Et je ne vois que trop qu'une tendre pitié,
Vous fait de tous mes maux reſſentir la moitié.
Cependant retenez vos ſoupirs & vos larmes,
Au fond de votre cœur renfermez vos allarmes.
Clodius va venir, faites un noble effort;
De tous vos déplaiſirs modérez le tranſport.
Nos regrets, les ennuis où nous ſommes en proie,
D'un ennemi cruel redoubleroient la joie.
Ne permettez donc pas que ſes barbares yeux,
Jouiſſent des douleurs de nos derniers adieux:
Auſſi-bien près de lui la plainte ſeroit vaine:
C'eſt l'amour d'Appius qui dans les fers m'entraîne.
J'avois tantôt prévû la rigueur de mon ſort,
Et j'allois m'en ſauver par une juſte mort.
Vous n'avez pas voulu, vous vous êtes troublée,
Vos diſcours, vos ſoupirs, vos pleurs m'ont accablée.

Voyez le triste effet de vos funestes soins ;
J'ai souffert plus long-temps, je n'en mourai pas moins ;
Et ce qui dans mon sort m'afflige davantage ;
Je mourois libre alors, je meurs dans l'esclavage.

PLAUTIE.

Ne me reproche point ce funeste secours,
Que n'aurois-je point fait pour conserver tes jours ?
Je me flattois.... Mais Ciel ! notre ennemi s'avance.

VIRGINIE.

Madame, au nom des Dieux, évitez sa présence.
Laissez-moi seule ; allez, ne vous exposez pas,
Aux affrons d'un Perfide, aux transports des soldats,
Il ne reste plus rien pour combler ma misere,
Que de voir leur fureur outrager une Mere.

PLAUTIE.

Moi, que je t'abandonne en cette extrémité ?
Que j'aille loin de toi chercher ma sureté,
Ah ! plutôt le trépas....

SCENE III.

LODIUS, PLAUTIE, VIRGINIE, FABIAN, PISON, FULVIE, CAMILLE, GARDES.

PLAUTIE *à Clodius.*

TU viens ici perfide.
Quel dessein criminel te conduit & te guide ?
Monstre inhumain, viens-tu me déchirant le flanc ?
M'accabler, me ravir le plus pur de mon sang.
Ta barbare fureur jusqu'en ces lieux me brave.
'eux-tu ?

CLODIUS.

Je viens ici pour prendre mon Esclave.
Cette fille est à moi : je suis son maître enfin.
Appius à mes loix a soumis son destin.
Gardes, qu'on la conduise.

PLAUTIE.

Ah ! quelle tyrannie !
Leurs criminelles mains vont saisir Virginie.
Osez-vous . . . .

* *aux Gardes qui veulent la saisir.*

VIRGINIE.

Arrêtez, ne portez point vos mains,
Sur le ſang glorieux des plus fameux Romains.
N'approchez point de moi, je vous ſuivrai ſans peine
Dans le honteux état où le deſtin m'entraîne.
Trahie, abandonnée, en proie à vos fureurs;
Je n'ai que ma vertu contre tous mes malheurs.
Mais elle me ſuffit: je puis tout avec elle.
Adieu, Madame: adieu, votre douleur mortelle,
Ebranle ma conſtance, & me fait plus trembler,
Que l'approche des fers qui me vont accabler.
Prenez ſoin de vos jours, j'aurai ſoin de ma gloire:
J'oſe eſpérer qu'un jour ma déplorable hiſtoire,
Apprenant ma diſgrace aux ſiécles à venir,
Laiſſera de mon ſort un digne ſouvenir;
Et fera confeſſer à la plus noire envie,
Que d'illuſtres Ayeux m'avoient donné la vie,
Adieu.

PLAUTIE.

Je cours...

PISON *en l'arrêtant.*

Souffrez...

SCENE IV.

[P]LAUTIE, FULVIE, PISON, GARDES.

PLAUTIE.

QUOI ! l'on m'ose arrêter ?
[I]nhumain, c'en est trop, je ne la puis quitter.
[S]ouffrez que dans les fers je suive Virginie ;
[Sa]ns ma fille je hais, & mon rang, & ma vie.
[Pa]r rage ou par pitié, percez mon triste flanc,
[A]près m'avoir ravi la moitié de mon sang.
[A]chevez, répandez tout celui qui me reste.
[H]élas ! heureuse encor en ce moment funeste,
[Si] je pouvois au moins par une prompte mort,
[Ar]racher Virginie aux horreurs de son sort !
[O]u tourner sur moi-même en m'exposant pour elle,
[D]e son affreux destin l'influence cruelle.
[Je] ne puis la sauver, la suivre, ni mourir :
[Cr]uels aucun de vous ne veut me secourir.
[M]ais, que vois-je ? Comment...

SCENE V.

PLAUTIE, FULVIE, SEVERE, FABIAN, GARDES.

SEVERE.

Tout a changé de face.
Madame, vous verrez finir votre diſgrace ;
Reprenez de l'eſpoir déja les Dieux plus doux,
M'ont accordé le bien d'arriver juſqu'à vous.
Icile eſt libre enfin, ſa priſon eſt forcée :
J'ai vû par ſes amis ſa garde diſperſée,
Et ſans perdre de temps les armes à la main,
Vers l'injuſte Appius il s'eſt fait un chemin.
Ils ſont aux mains, Madame ; & le Ciel équitable,
Fera périr ſans doute un Tyran déteſtable.
De votre eſprit troublé diſſipez la terreur :
Tout ſemble vous promettre un tranquille bonheur.
Appius prévenu d'une aveugle furie,
Par ſes meilleurs Soldats fait garder Virginie ;
Et reſté preſque ſeul, abandonné, troublé,
Sous les efforts d'Icile il doit être accablé,

ontre tant d'ennemis il ne peut se défendre :
ile m'a pressé de courir vous l'apprendre,
de vous avertir, Madame, qu'en ces lieux,
ous le verrez bien-tôt venir victorieux.
cours le retrouver.

PLAUTIE.

Non, je prétends vous suivre.
ourons ; que j'aille voir la main qui nous délivre ;
ussi-bien dans ces lieux on ne me retient plus.
vois fuïr à ce bruit mes Gardes éperdus.
lons... mais, c'en est fait, & mon ame ravie...

SCENE VI.

LAUTIE, FULVIE, ICILE, SEVERE.

ICILE.

OUI, c'en est fait, Madame, Appius est sans vie ;
viens de le punir ; enfin tout est sauvé,
déja votre Epoux dans Rome est arrivé.

PLAUTIE.

Virginius !

ICILE.

Madame, on vient de me l'apprend
Le bruit de ſon retour partout s'eſt fait entend
Mais, que fait Virginie ? On ne m'en a rien d
Elle ſeule ſans ceſſe occupe mon eſprit.

PLAUTIE.

Clodius eſcorté d'une troupe cruelle,
S'en eſt ſaiſi, Seigneur.

ICILE.

Ah ! courons après elle
Courons la délivrer, & qu'aux yeux des Ro
mains,
Le traître Clodius ſoit puni par mes mains.
Que je puiſſe gouter le plaiſir & la gloire,
Que prépare à mon cœur une pleine victoire,

SCENE DERNIERE.

CILE, PLAUTIE, SEVERE, FULVIE, CAMILLE.

PLAUTIE *à Icile.*

(*à Camille.*)

HASTEZ-vous donc, Seigneur? Que viens-tu m'annoncer?
is-moi, que fait ma fille? Où l'as-tu pû laiſſer?

CAMILLE.

otre fille?

ICILE.

Apprenez-nous, où faut-il que je vole?
ù ſont nos ennemis, que mon bras les immole?
ue Virginie enfin, ne les redoute plus.
ue j'aille...

CAMILLE.

Modérez des tranſports ſuperflus.
n'eſt plus temps.

ICILE.

Comment?

CAMILLE.

L'aimable Virginie

PLAUTIE.

Eh bien! qu'eſt-ce?

CAMILLE.

A mes yeux vient de perdre la vie.

PLAUTIE.

Ciel! qu'eſt-ce que j'entends? Ah! deſtin rigoureux!
Quel coup!

ICILE.

De tous mes maux voici le comble affreux.
Que puis-je craindre après ce que je viens d'apprendre?
Grands Dieux!

CAMILLE.

Virginius venoit pour la défendre,
Au moment qu'il l'a vue au milieu des Soldats;
Ce ſpectacle cruel a retenu ſes pas.

Il s'arrête, & du peuple il apprend que sa fille,
Vient d'être pour jamais ravie à sa Famille ;
Qu'elle est soumise aux fers du traître Clodius,
Et sans doute exposée aux transports d'Appius :
A ce fatal récit son désespoir extrême,
Fait qu'il veut la sauver, ou se perdre lui-même ?
Il attaque lui seul plus de mille ennemis ;
Le succès répond mal à ce qu'il s'est promis ;
On le saisit d'abord, il se voit sans épée :
Hé que sert, a-t-il dit, à ma valeur trompée,
L'inutile bonheur de mes autres exploits,
Puisque je suis vaincu cette derniere fois.
Mais, hélas ! permettez, cruels, dans ma disgrace,
Si je perds Virginie, au moins que je l'embrasse.
De cet embrassement la puissante douceur,
D'un cœur désespéré flattera la douleur.
On le laisse, il y court, la joint malgré la presse,
Par ses embrassemens il marque sa tendresse.
Je le suis, & j'entends qu'elle lui dit, Seigneur :
Ah ! donnez-moi la mort, & sauvez ma pudeur.
Virginius surpris, admire son courage ;
Il soupire à la fois, & d'amour, & de rage.
A tes desirs, cruels, dit il, puis je obéir ?
Mais ne t'obéir pas ce seroit te trahir.
Satisfaisons ton ame, & malgré ma foiblesse :
Dérobons ta pudeur au péril qui la presse.
Par un coup rigoureux prouvons notre amitié ;
Montrons-nous inhumains par excès de pitié ;

Et que tout l'Univers ſçachant que je ſuis pere
Admire mon courage, & plaigne ma miſere.
Après ces triſtes mots, égaré, furieux;
Il promene partout ſes regards curieux.
Il voit, cherche avec ſoin, ah! diſgrace impré-
vue!
Un funeſte couteau ſe préſente à ſa vue.
Il le prend, & pouſſé d'une indiſcrete ardeur,
De ſa conſtante fille il veut percer le cœur.
Mais en vain pour ce coup ſon courage s'apprête:
Quand il croit l'achever ſa tendreſſe l'arrête:
Car à peine a-t-il vu le couteau près du ſein,
Que la nature ſemble avoir glacé ſa main.
Il demeure immobile, à ce triſte ſpectacle.
On court, à ſon deſſein, chacun veut mettre obſ-
tacle.
Virginie en tremblant voit venir ce ſecours,
Qui hazarde ſa gloire en conſervant ſes jours.
Elle ſe hâte alors de terminer ſa vie,
S'élance ſur le fer, & d'une main hardie,
Prend celle de ſon pere, & pouſſant le couteau,
S'en frappe, tombe, & s'ouvre un chemin au
tombeau.

PLAUTIE.

Hélas!

CAMILLE.

Virginius, après ce ſacrifice;
De ce ſang précieux demande la juſtice.

Il prend entre ſes bras ce corps enſanglanté,
Le fait voir aux Romains; le peuple épouvanté,
Frémit en regardant cette victime offerte,
De tous les Decemvirs il conſpire la perte.
Il cours de tous côtés venger votre malheur:
Clodius a déja reſſenti ſa fureur;
Et moi je ſuis venue en ce lieu vous apprendre
Les funeſtes horreurs que vous venez d'entendre.
Heureuſe ſi ma mort avoit pû devancer,
La douleur que je ſouffre à vous les annoncer.

ICILE.

Ainſi, pour mon amour, Virginie eſt perdue:
Voilà cette union que j'avois attendue.
Mourons: mais d'une mort qui ſoit utile à tous;
Portons ſur nos Tyrans ma rage avec mes coups.
Allons, Madame; allons, & courons l'un & l'autre,
Faire parler partout ma douleur & la vôtre.
Allons, que mille morts marquent ce triſte jour.
Puiſque Rome l'exige auſſi-bien que l'Amour.

FIN.

ARMINIUS,

TRAGEDIE.

A SON ALTESSE

MADAME

LA DUCHESSE DE BOUILLON.

EST à vous que j'écris, à vous que je m'adresse,
Et j'attends de vous, généreuse Princesse :
Accordez-moi votre faveur,
Pour faire avec succès paroître sur la Scene,
Arminius, jadis, l'heureux libérateur
Des Germains qu'opprimoit la puissance Romaine.

De ce brave Guerrier, dont les nobles Exploits
Auront dans l'Univers un souvenir durable

Sortirent ces Princes Gaulois ;
Source de ce Sang adorable
D'où sont descendus tous nos Rois.
Ce seul intérêt vous engage
A ne pas condamner l'Ouvrage,
Qui de ce Conquérant porte le Nom fameux
Vous qu'un choix glorieux & juste
Eleve dans un rang auguste
Chez le plus grand de ses Neveux.

Mais je me flatte encor que de votre suffrage
Vous honorerez mes Ecrits,
Puisqu'en votre Maison j'ai pris
L'exemple des vertus dont j'ai tracé l'image.

Lorsque dans les Vers que j'ai faits,
J'ai voulu des Romains peindre la Politique.
Toujours ferme en leurs intérêts,
Accommodant & la Guerre & la Paix
Aux besoins de leur République.
J'envisageois ce sage Cardinal ;
Ce Jule, dont le zele & la rare prudence
Ont dans le temps le plus fatal
Assuré le repos & l'honneur de la France.

EPITRE.

uand j'ai peint un Héros adoré des Soldats,
Intrépide dans les combats,
oujours vainqueur, ou méritant de l'être.
levé dès l'enfance au milieu des hazards,
Et, qui dans le mêtier de Mars,
tous les Potentats eût pû servir de Maître,
Pour traiter dignement cet illustre sujet,
Je me proposois pour objet
URENNE, *dont le bras a sauvé cet Empire,*
ui vit son Roi cent fois à ses leçons soumis,
Marcher sur ses pas, & l'instruire
A surmonter ses Ennemis.

nfin, quand j'ai voulu dépeindre une Prin-
cesse,
ont le courage encor surpassa la Noblesse,
ui vit de ses attraits tout son sexe jaloux;
Pouvois-je alors penser qu'à vous.

ACTEURS.

VARUS, Gouverneur de la Germanie pour Auguste.

SEGESTE, Prince des Cattes.

ARMINIUS, Prince des Cherusques accordé à Isménie.

SIGISMOND, Fils de Segeste, accordé avec Polixene.

ISMENIE, Fille de Segeste.

POLIXENE, Sœur d'Arminius.

BARSINE, Confidente d'Isménie.

TULLUS, Confident de Varus.

SUNNON, } Capitaines des Gardes de Segeste.
SINORIX, }

SUITE.

La Scene est dans le Camp de Varus, près les Forêts de Tenberg, dans les Tentes de Segeste.

ARMINIUS, TRAGEDIE.

ACTE PREMIER.

SCENE PREMIERE.

SEGESTE, SUNNON.

SEGESTE.

OUI, Sunnon, je le veux, je l'attends de ton zele:
Parle, trace à mes yeux la peinture fidéle;
Des sentimens divers du Peuple & des Soldats.

SUNNON.

Seigneur ...

SEGESTE.

Parle, te dis-je, & ne me flatte pas
Je sçais que le traité que je viens de conclure
De la plûpart des miens excite le murmure;
Que ne pénétrant point dans mes justes desseins
On me voit à regret dans le Camp des Romains
Je le sçais, dis le reste, il ne me faut rien taire.

SUNNON.

Puisque vous m'ordonnez, Seigneur, d'être sincere,
Je ne vous cele point que de ce changement,
Les Peuples étonnés cherchent le fondement.
Quoi! Segeste, dit-on, par qui la Germanie,
Jusqu'ici des Romains brava la tyrannie;
Qui, de flots de leur sang couvrit nos Champs vingt fois;
Qui fit trembler le Tybre au bruit de ses exploits.
Ce Segeste aujourd'hui peut étouffer sa haine,
Et méler ses Drapeaux avec l'Aigle Romaine.

SEGESTE.

Je fais plus. Du Sénat je brigue la faveur;
Son estime est pour moi le comble du bonheur;
Et c'est avec plaisir que j'entends qu'il me nomme.
Allié de l'Empire, & Citoyen de Rome:

regarde ces noms comme un illuſtre prix.
i-même à ce diſcours tu me parois ſurpris !
ais apprends les raiſons de ce qu'on m'a vû faire,
ne condamne plus une paix néceſſaire.
s Dieux me ſont témoins que dans tous mes deſſeins,
propoſant pour but le ſalut des Germains ;
ns regarder jamais ma grandeur ni ma gloire,
i combattu pour eux & cherché la victoire.
ndant plus de vingt ans par un heureux effort,
tre l'Empire & moi j'ai ſuſpendu le ſort :
ais dans ce même temps Rome étoit occupée
la perte d'Antoine, ou du jeune Pompée ;
ſes Chefs diviſés par leurs propres fureurs,
us laiſſoient aiſément réculer nos malheurs :
intenant que partout regne une paix profonde,
'Auguſte ſous ſes loix fait trembler tout le monde.
evois-je attendre ici qu'il raſſemblât ſur nous
ut l'effort, tous les traits de ſon vaſte courroux ?
i cru devoir céder, puiſqu'un léger hommage
aſſuroit le repos & détournoit l'orage :
n'eſt pas que ſouvent un reſte de fierté
e m'ait preſque contraint de rompre le traité :
ais de mille Héros la perte encore éclate ;
qu'ont fait contre Rome Annibal, Mithridate,

Nicoméde, Pyrrhus, tant d'autres Rois fameux:
Etois-je plus puiſſant? Etois-je plus heureux?
J'ai ſauvé mes Etats en finiſſant la guerre;
Et quand je me ſoumets avec toute la terre,
J'obéis aux décrets des Dieux & du Deſtin,
Qui veulent que tout cede à l'Empire Romain.

SUNNON.

Je crois de cette Paix les cauſes légitimes;
Des Princes vos voiſins vous ſuivez les maximes:
Cependant, ſi je puis en vous obéiſſant,
Vous oppoſer, Seigneur, un intérêt puiſſant.
J'oſerai dire encor qu'une immortelle gloire
Auroit à l'avenir tranſmis votre mémoire;
Si, voyant l'Univers par les Romains dompté,
Vous ſeul aviez joui de votre liberté.
Pour abbattre l'orgueil & le pouvoir de Rome,
Peut-être ne faut-il que le bras d'un ſeul homme?
Vous l'avez dit cent fois. Eh! qui pouvoit, Seigneur?
Prétendre mieux que vous à ce ſuprême honneur;
Rome s'aſſure en vain ſur la foi des Oracles,
Les Mortels quelquefois y mettent des obſtacles:
Ils relevent un Trône, un Etat abbattu,
Et font changer les Dieux à force de vertu.
Mais ſans déveloper un ſi profond myſtere,
Arminius croit-il ce traité ſalutaire?

Votre

ôtre amitié confond vos droits avec les siens ;
ous l'allez confirmer par de plus forts liens.
ien-tôt en épousant la Princesse Isménie,
verra sa Famille avec la vôtre unie.
n dit que cet Hymen si long-temps différé,
son retour ici doit être célébré.
éja tous nos Soldats en préparent la fête.
éja chacun s'attend...

SEGESTE.

C'est en vain qu'on l'apprête.
ependant garde toi de parler desormais
'un Hymen que les Dieux ont rompu pour jamais.

SUNNON.

iel ! qu'entends-je, Seigneur ? Qui peut être la cause ?

SEGESTE.

In obstacle invincible à cet hymen s'oppose :
e le romps à regret. Je plains Arminius :
Mais enfin, j'ai promis Isménie à Varus.
e rang de Gouverneur de ces vastes Provinces,
Eleve ce Romain au-dessus de nos Princes.
l adore ma fille, & son cœur amoureux,
Me presse chaque jour de les unir tous deux ;
Je m'y suis engagé, ma parole est donnée.

SUNNON.

A ce discours, mon ame interdite, étonnée,
De soupçons différens se laissant agiter,
Ne sçait auquel, Seigneur, elle doit s'arrêter.
Hé quoi ! par votre choix, dès sa tendre jeunesse
Arminius reçut la foi de la Princesse ?
Il lui donna la sienne, & jusques à ce jour
Vous-même avez pris soin de nourrir leur amour ?
De ce grand changement, que faut-il que je pense ?
Croirai-je qu'oubliant une longue alliance,
Par des conseils flatteurs réglant tous nos desseins,
Vous sacrifiez tout au pouvoir des Romains ?
Pardonnez-moi, Seigneur. Mais, Dieux, que puis-je croire ?
Quel sujet ? . . .

SEGESTE.

Ne croi rien de funeste à ma gloire.
Si j'étouffe ce feu que j'avois allumé,
Le seul Arminius en doit être blâmé.
Juges-en. Au moment que l'on m'eut fait entendre
Qu'aux faveurs de César j'avois droit de prétendre,

ans vouloir séparer nos communs intérêts,
'exigeai que ce Prince entrât dans cette paix.
e dépêchai vers lui. Je crus qu'en diligence
l viendroit confirmer cette auguste alliance.
l différa pourtant. Je pressai : mais en vain.
'ignore s'il revient; s'il s'arrête en chemin.
Mais pendant quatre mois sans daigner me répondre;
Par ses retardemens je me suis vu confondre.
Les Romains me pressoient, & j'étois menacé
De voir rompre sans fruit le traité commencé.
Je l'ai conclu tout seul; & ma fille est le gage,
Qui de cette union doit assurer l'ouvrage.
Le Prince m'a quitté; j'ai fait ma paix sans lui:
Je ne m'en repends pas. On m'apprend aujourd'hui,
Que dans tous nos Etats à ma honte il publie
Que je trahis mon sang, mes amis, ma patrie.
Que mandiant la paix les armes à la main,
Je vends la Germanie à l'Empereur Romain;
Et je deviens suspect par ce lâche artifice,
Aux peuples que mes soins sauvent du précipice.
Je suis même averti qu'il conspire en secret,
S'il arrive en ce Camp, il se perd, c'en est fait:
S'il trâme les projets que l'on m'a fait entendre,
De le faire punir je ne puis me défendre.
Je t'avouerai bien plus. Je crois que sans douleur,
Je livrerois ce Prince à son dernier malheur.
Sa fortune, son nom, la gloire de sa vie,
Ont versé dans mon cœur une secrete envie,

Qui me force à rougir de voir entre ſes mains
Le pouvoir que j'avois jadis ſur les Germains.
Cependant quel que ſoit l'intérêt qui me preſſe;
Sa franchiſe, ſon rang, ſa vertu, ſa jeuneſſe;
Le ſoin de mon honneur, un reſte de pitié:
Enfin, le ſouvenir d'une longue amitié
Me porteroit peut-être à prendre ſa défenſe:
Mais je crains des Romains la haine & la vengeance.
Je voudrois que ce Prince inſpiré par les Dieux
Bien loin de s'approcher s'éloignât de ces lieux:
Il n'a plus de ma part que des vœux à prétendre.

SUNNON.

Ah! Seigneur, ſur ſes jours voudroit-on entreprendre?
Il ſe confie à vous, vous l'appellez. Eh quoi?
Vous verroit-on pour lui violer votre foi?
Laiſſeriez-vous?...

SEGESTE.

Varus dans ce Camp eſt le maître.
Arminius ſe perd s'il oſe ici paroître,
A moins que des Romains déſarmant le courroux;
Ce Prince ambitieux ne tombe à leurs genoux.
Mais le ſoin de ſon ſort me cauſe peu de peine.
Ma fille ſeule, hélas! m'inquiete & me gêne.

viens de la mander, je l'attends en ces lieux.
le vient : laissez-nous. Que lui dirai-je ? ô Dieux !

SCENE II.

EGESTE, ISMENIE, BARSINE.

ISMENIE.

DE votre part, Seigneur, on est venu me dire
ue vous aviez ici quelque ordre à me prescrire.
ai d'abord vers ces lieux précipité mes pas.
ue voulez-vous, Seigneur ?

SEGESTE.

Ce que je veux ? hélas !
ue ne puis-je à jamais ma fille vous le taire.

ISMENIE.

ous soupirez, Seigneur ! Ciel ! quel est ce mystere ?

SEGESTE.

ans de profonds chagrins vous me voyez plongé,
ce n'est que pour vous que je suis affligé.

ISMENIE.

Pour moi, grands Dieux! Serois-je aſſez infortunée
Pour troubler le bonheur de votre deſtinée?
Qu'ai-je pu faire? hélas! Quel crime ai-je commis?

SEGESTE.

Je ne vous blâme point. Les Deſtins ennemis
Vous demandent ma fille un cruel ſacrifice,
Et de votre douleur me rendent le complice;
Ils contraignent ma main de vous porter les coups.

ISMENIE.

Comment?

SEGESTE.

Vous l'entendrez; ſurtout, conſultez-vous.
D'un effort vertueux vous croyez-vous capable?
Sentez-vous votre cœur conſtant, inébranlable?
Répondez-moi?

ISMENIE.

Seigneur, s'il ne faut que mourir
Sans foibleſſe au trépas vous me verrez m'offrir.
Votre fille en mourant aura ſoin de ſa gloire,
Et ne laiſſera point une indigne mémoire.

...liquez-vous ? Le Ciel a-t-il juré ma mort ?

SEGESTE.

...n, vos jours ne ſont point pourſuivis par le ſort.
...is quand ſes dures loix vous auroient condamnée,
...oyez-vous que mon cœur vous eût abandonnée ?

ISMENIE.

...el eſt donc cet effort ?

SEGESTE.

Souvenez-vous au moins
...uels ont été pour vous mon amour & mes ſoins.
...ngez que de vos maux j'ai frémi par avance,
...que vous me devez entiere obéiſſance.
... crois par ce diſcours vous devoir préparer
... ſecret que je vais enfin vous déclarer.
...s vos plus jeunes ans vous eſpérez ma fille,
... voir Arminius entrer dans ma Famille :
...pendant à ce Prince il ne faut plus penſer.

ISMENIE.

...h ! quel projet, Seigneur, venez-vous m'annoncer ?
...ns quel temps ? . . .

SEGESTE.

Je vous plains, comme vous je soupi
Mais Rome le défend, je ne puis l'en dédire :
D'autres raisons encor s'opposent à vos vœux
Et me forcent de rompre un hymen malheure

ISMENIE.

De ce coup imprévu justement confondue.
Dieux ! quelle horreur je sens dans mon a
éperdue !
Ah ! Seigneur, pardonnez dans cette extrémi
Si j'ose m'expliquer avec sincérité.
Votre bonté pour moi bannissant la contraint
M'a permis de tout temps de vous parler sa
crainte.
Vous disiez que le sort n'attaquoit point m
jours ?
Eh ! cet Arrêt funeste en termine le cours.

SEGESTE.

Qu'entends-je ! Vous cédez à l'ardeur qui vo
presse.
Ma fille s'abandonne à toute sa foiblesse.
Quoi ! loin de m'obéir votre devoir trahi....

ISMENIE.

Eh ! mon malheur ne vient que d'avoir obéi.

Armini

minius courant de victoire en victoire :
vain pour m'enflammer faiſoit parler ſa gloire.
s ſoins pour moi, ſes feux, & ſes heureux combats,
i gagnoient mon eſtime, & ne m'engageoient pas.
uvenez-vous, Seigneur, que vous vîntes vous-même
indre à ſes vœux ardens votre pouvoir ſuprême ;
par les juſtes droits que vous avez ſur moi,
ce jeune Héros vous promîtes ma foi.
obéis ſans effort. Cet ordre légitime
t alors ſuccéder la tendreſſe à l'eſtime.
ais pourrai-je étouffer, Seigneur, ſans déſeſpoir,
es feux qu'ont allumé l'eſtime & le devoir ?

SEGESTE.

ecevez mieux des loix preſcrites par un Pere ;
t bien loin de frémir d'un effort néceſſaire,
ontrez . . .

ISMENIE.

C'en eſt donc fait. Et vous ne penſez plus
vos engagemens avec Arminius.
ous avez oublié qu'avec mon hymenée,
mon frere, ſa ſœur fut auſſi deſtinée.

Des yeux de Polixene il a senti les coups :
Elle vient en ces lieux le prendre pour époux.
Verra-t-elle ? . . .

SEGESTE.

Je sçais que Sigismond l'adore
Mais il faut qu'il immole un feu que Rome abhorre.
Et mon fils par César, fait Chevalier Romain
Ne peut sans son aveu disposer de sa main.
Mais ne pensons qu'à vous. Ce que je viens de dire
N'est pas la seule loi que je dois vous prescrire
Et vous devez encore . . .

ISMENIE.

Hé ! que dois-je, Seigneur
Quoi ! ne suffit-il pas de bannir de mon cœur ?

SEGESTE.

Non, il ne suffit pas, & vous l'allez apprendre
C'est peu pour vous de rompre une union si tendre :
Il faut encor sentir en faveur de Varus,
Tout ce que votre cœur sent pour Arminius.
Ce Romain désormais ne songe qu'à vous plaire
Voilà l'époux enfin, que vous destine un pere.
Fuyez, Arminius, & pour mieux m'obéir,
Portez-vous, s'il le faut, jusques à le haïr.

ISMENIE.

ne puis étouffer le trop juste murmure
ui s'éleve en mon cœur contre une loi si dure.
uoi donc ? Vous prétendez forcer des sentimens
u'ont assuré vos soins, l'habitude & le temps ?
ès que j'ouvris les yeux, vos discours, votre zele
'inspirerent pour Rome une haine immortelle ;
moi pour satisfaire à vos premiers desseins,
imant Arminius, j'ai hai les Romains.
igneur, c'est bien assez de contraindre mon ame,
e s'attacher sans cesse à combattre ma flamme,
e perdre pour jamais un légitime espoir,
ue j'avois trop conçu sur la foi du devoir.
aignez vous contenter de cette obéissance,
e forcez point mon cœur à plus de violence ;
croyez que c'est trop de vouloir en un jour
hanger l'amour en haine, & la haine en amour.

SEGESTE.

our vous faire obéir à cette loi si dure,
'un effort généreux votre vertu m'assure.
arus vient. Vous sçavez quel est votre devoir ;
éparez-vous, ma fille, à le bien recevoir.

ISMENIE.

Quelle gêne ?

SCENE III.

VARUS, SEGESTE, ISMENIE.

SEGESTE.

SEGESTE.

Je viens d'annoncer à ma fille
L'honneur dont votre amour veut combler ma
Famille.
Seigneur, elle est toujours prête à subir mes loix.
Ses plus tendres desirs se réglent par mon choix.
Vous pouvez sans contrainte expliquer votre
flamme.
Je vous laisse, Seigneur.

SCENE IV.

VARUS, ISMENIE, BARSINE.

VARUS.

Vous vous troublez, Madame.
J'en connois les raisons. On veut vous arracher
Un Amant dès l'enfance à vos desirs si cher.
Un Amant si long-temps avoué par un pere ;
Jeune, charmant ; enfin, trop digne de vous plaire.
Mais c'est peu : l'on vous offre encore un autre Epoux,
Qu'un long âge a rendu moins aimable pour vous.
Je serai le premier à me rendre justice ;
Mes soupirs sont pour vous un triste sacrifice.
Un Amant tel que moi ne doit point se flatter ;
D'autres s'attacheroient à vous représenter.
Traçant de leurs travaux une brillante histoire,
Qu'un front ne vieillit point environné de gloire,
Qu'un long amas d'honneur, des exploits éclatans,
Réparent quelquefois les injures des ans.

Que c'est même à vos yeux un plus grand avan
tage,
De charger de vos fers un captif de mon âge,
Et d'embraser un cœur, que les ans, la raison,
Sembloient devoir sauver de ce fatal poison :
Cependant aujourd'hui, je ne veux point, Madame,
Prêter auprès de vous ces secours à ma flamme.
Je sçais que dans un cœur plein de sa passion,
De semblables discours font peu d'impression.
Mais je crois qu'à mes vœux votre ame inaccessible,
Au bonheur des Germains se montrera sensible.
Que le juste desir d'assurer pour jamais
A votre pere, aux siens, l'abondance & la paix;
A l'offre de ma main vous rendra moins contraire :
C'est par-là seulement que je prétends vous plaire.
Faites pour la Patrie en donnant votre foi,
Ce que je n'ose encor vous demander pour moi.

ISMENIE.

Hélas ! puis-je, Seigneur ?

VARUS.

Non, arrêtez, Madame;
Et suspendez encor le destin de ma flamme,

vant que me l'apprendre, attendez pour le moins,
ue mes profonds respects, que le temps, que mes soins;
ue mes sinceres vœux, mes ardens sacrifices
uissent de mon Rival balancer les services:
artout ne craignez point que j'aille contre vous
olliciter un Pere, allumer son courroux.
e ne veux employer sa puissance absolue
Qu'à me faire accorder l'honneur de votre vue;
t je vais désormais borner tous mes plaisirs
 prévenir vos vœux & vos moindres desirs.
Des graces de César j'ai comblé votre pere,
t des bienfaits nouveaux vont chercher votre frere;
Tout vous retracera mon amour, mes transports;
Vous pourrez sur mon sort vous expliquer alors.
Adieu, Madame.

SCENE V.

ISMENIE, BARSINE.

ISMENIE.

O Coup ! O disgrace imprévue !
Malheureuse !

BARSINE.

Quoi donc ?

ISMENIE.

Ma mort est résolue.
Mon Pere me condamne, il m'ôte Arminius :
Barsine, c'est vouloir que je ne vive plus.
Pere injuste ! Pourquoi tyranniser ma vie ?
Puis-je aimer, ou haïr au gré de votre envie ?
Ne concevez-vous point en m'imposant ces loix,
Qu'un cœur comme le mien ne se rend qu'une fois ?
Déplorables effets de l'amitié Romaine !
Périsse Rome, objet trop digne de ma haine.
Toi, cher Arminius, qu'on arrache à ma foi,
Tu sçais que je ne vis qu'autant que je te voi.
Reçois de mon amour mes jours que je t'immole :
Mais, fuis loin de ces lieux, écarte-toi, cours, vole :

toujours à te voir j'ai borné mes ſouhaits ;
aintenant je les borne à ne te voir jamais.
iendrois-tu dans ce camp pour ſervir de victime
u Rival odieux dont le pouvoir m'opprime ?
'eſt le dernier malheur que j'aie à redouter.
ourons ; hazardons tout, afin de l'éviter.
aiſons partir vers lui quelque ami plein de zele.
iens, Barſine ...

SCENE VI.

SMENIE, BARSINE, SINORIX.

SINORIX.

APPRENEZ une heureuſe nouvelle,
ladame, Arminius va paroître à vos yeux :
l vient en ce moment d'arriver en ces lieux.
igiſmond s'avançant dans la forêt prochaine,
Eſt allé hors du camp recevoir Polixene ;
Que le Prince ſon Frere a voulu devancer :
J'ai cru que je devois venir vous l'annoncer,
Pour être le premier à vous marquer mon zele.
Madame, en d'autres lieux mon devoir me rap-
pelle.
J'y cours.

SCENE VII.

ISMENIE, BARSINE.

ISMENIE.

Qu'ai-je entendu? Dans quel temps justes Dieux,
Allez-vous présenter mon Amant à mes yeux?
Quels malheurs! quels combats! quel spectacle barbare,
Ce funeste retour aujourd'hui me prépare!
De quel œil se verront mon Pere & mon Amant.
Ah! pouvois-je prévoir cet affreux changement?
Jusqu'ici les Destins propices & fidelles,
Marquoient tous mes momens par des faveurs nouvelles:
Mais dans un seul instant leurs tyranniques loix
Ont fait tomber sur moi tous les maux à la fois.
Je ressens en un jour plus d'ennuis, plus d'allarmes,
Qu'en dix ans de bonheur je n'ai trouvé de charmes.
C'en est trop, justes Dieux! & si votre rigueur
Condamnoit les transports d'une innocente ardeur.

vous vouliez punir mon ame trop charmée
s sensibles douceurs d'aimer & d'être aimée.
élas ! pour me punir n'étoit-ce point assez
égaler mes douleurs à mes plaisirs passés ?

BARSINE.

h ! Madame, espérez...

ISMENIE.

Que veux-tu que j'espere ?
u le vois mieux que moi, tout me devient contraire :
ais c'est trop m'attendrir, mes soupirs & mes pleurs
'arrêtent en ces lieux sans parer mes malheurs.
ourons donc à mon Frere, apprendre ma disgrace.
l m'aime, un sort pareil aujourd'hui le menace.
herchons-le, puissions-nous accorder en ce jour
s devoirs opposez du sang & de l'amour.

Fin du premier Acte.

ACTE II.

SCENE PREMIERE.

ISMENIE, BARSINE.

ISMENIE.

QUE fait Arminius : dis, l'as-tu vu, Barſ
ne ?
Attendra-t-il ici le ſort qu'on lui deſtine ?
De ces lieux ennemis ne veut-il point ſortir ?

BARSINE.

A s'éloigner, Madame, il ne peut conſentir.
En vain de votre part à vos ordres fidelle,
J'ai peint votre douleur, votre crainte mortell
En vain à ce Héros, j'ai prédit, j'ai tracé
Les périls, les malheurs dont il eſt menacé.
Conſtant dans ſes projets, & toujours intrépid
Il s'abandonne entier à l'amour qui le guide ;
Et croit que de Segeſte ayant reçu la foi :
Il peut paroître ici ſans danger, ſans effroi.

u'on respecte toujours même pendant la guerre,
e fameux droit des gens saint par toute la terre :
iais à l'heureux Cesar dût-il être immolé,
ne veut point partir sans vous avoir parlé.

ISMENIE.

Iélas ! à quels tourmens, sa fermeté m'expose ?
i périra, Barsine; & j'en serai la cause.
'a, retourne vers lui, qu'il parte en ce moment,
e le veux, je l'ordonne, & s'il m'aime ardemment :
)e son amour pour moi la marque la plus chere,
C'est de fuir les Romains, & Varus, & mon Pere,
Qu'il ne s'obstine plus à demeurer ici.
Cours; redouble tes pas...

BARSINE.

Madame, le voici.

SCENE II.

ARMINIUS, ISMENIE, BARSINE.

ARMINIUS.

MADAME, malgré vous, malgré votre deffense,
J'ose jusqu'en ces lieux chercher votre présence:
Quand Segeste s'obstine à me manquer de foi,
Je viens voir si sa fille est plus juste pour moi.
Enfin, pour disposer de ma funeste vie,
Je viens lire mon sort dans les yeux d'Isménie;
S'ils peuvent sans regret consentir à me voir,
Je n'abandonne point un légitime espoir,
S'ils daignent me montrer leur tendresse ordinaire;
En vain à mon amour tout le reste est contraire;
Mais si d'intelligence avec mes ennemis,
Ils détruisent l'espoir qu'ils m'ont toujours permis.
Sans laisser aux Romains le soin de me poursuivre;
Madame, avec plaisir je vais cesser de vivre.

ISMENIE.

ans un temps moins cruel, vous le sçavez Seigneur,
aurois à vous revoir, borné tout mon bonheur.
lais hélas ! la douceur d'une si chere vue,
ar une juste crainte est ici suspendue.
: vous vois à regret dans ce Camp malheureux,
ù vous n'avez pour vous que mes timides vœux,
u de votre Rival la puissance m'allarme,
u pour vous perdre enfin, tout conspire, tout s'arme;
alloit-il dans ces lieux venir porter vos pas.
Que venez-vous chercher ?

ARMINIUS.

Ne le sçavez-vous pas ?
bsent depuis six mois de tout ce que j'adore,
e ne pouvois sans vous vivre un moment encore;
'ai volé vers ce Camp plein d'amour & d'espoir.
Hé! qui ? jamais, Madame, auroit osé prévoir
Le funeste dessein qu'a formé votre Pere :
Je sçavois qu'engagé dans un parti contraire;
Ce Prince s'étoit joint avec mes ennemis :
Mais devois-je penser qu'indignement soumis,

Il n'eût point conservé des droits sur une Arm
A vaincre les Romains long-temps accoutum
Qu'il reconnut ici Varus pour Souverain,
Et voulut vous forcer de lui donner la main
Pouvois-je soupçonner ? . . .

ISMENIE.

Oui, vous deviez tout croir
Des fureurs des Romains jaloux de votre gloir
Et ne deviez-vous pas surtout vous défier
D'un Prince qui de Rome a voulu s'appuyer ?
Falloit-il s'exposer à la poursuite injuste ? . .

ARMINIUS.

Eh ! Madame, l'Amour raisonne-t-il si juste ?
J'espérois, & j'espere encore en ce moment
De ramener Segeste à son premier serment.
Vous le voyez ; ce Prince évite mes approches
Il ne soutiendra point ma vue, & mes reproche
Rassurons-nous. Bien-tôt par un effort heureu

ISMENIE.

Hélas ! Seigneur, cessons de nous tromper tou
deux :
En vain vous vous flattez de regagner mon Pere
Mais quand il changeroit ; que prétendez-vou
faire ?
Seul contre les Romains armés contre vos jours
Sans forces, sans soldats . . .

ARMINIUS.

ARMINIUS.

Nous aurons du ſecours.
Oui, Madame, apprenez que toute mon armée
Dans les bois de Teutberg par mon ordre enfermée ;
Prête à tout entreprendre en ce même moment,
N'attend que ma préſence, & mon commandement ;
En divers petits corps ces troupes diviſées,
Ont fait dans nos Etats cent marches oppoſées,
Et paſſant par des lieux inconnus aux Romains,
Dans les eaux, dans les bois, ſe traçant des chemins ;
Après trois mois de ſoins, de périls, & de peines,
Se ſont jointes enfin dans les forêts prochaines.
Madame, tout eſt prêt à marcher ſous ma loi,
Votre frere conſpire & s'unit avec moi.
Je viens de lui parler : il ne voit qu'avec peine
Segeſte adorateur de la grandeur Romaine ;
Et ne peut endurer qu'un ordre rigoureux,
Refuſe Polixene à ſon cœur amoureux ;
Un intérêt commun dans mes deſſeins l'engage.
Et nous allons tous deux . . .

ISMENIE.

Ah ! quittez ce langage :
Un ſeul mot peut vous perdre, & ces funeſtes lieux,
Pour obſerver vos pas ont peut-être des yeux.

Ne vous assurez point sur votre rang suprême.
Segeste prévenu, Seigneur, n'est plus le même.
Il ne connoît que Rome, & les droits les pl[us]
saints,
Contre elle dans son cœur n'ont que des titr[es]
vains.
Cher Prince, épargnez-moi les tourmens qu[e]
j'endure :
Fuyez ce camp fatal ; l'amour vous en conjure.
Le plaisir que je sens tandis que je vous voi,
Cede à votre péril qui me glace d'effroi.
Partez : je vous l'ordonne, & ne puis m'en dé-
fendre ;
Les larmes que m'arrache un intérêt si tendre.
Prince, tant de soupirs ne vous font que trop voi[r]
Que votre cœur faisoit ma joie & mon espoir :
Et je vous perds. Aussi dans ma douleur profon-
de,
Je ne compte pour rien tout le reste du monde.
Tout est perdu pour moi. Si pourtant désormais
Je puis jusqu'à la mort former quelques souhaits.
Je demande à l'Amour qu'il conserve en votre
ame
L'éternel souvenir du feu qui nous enflamme :
Que tandis que je vais vous tout sacrifier,
Il vous empêche au moins, Prince, de m'oublier.
Non, jusqu'à vous causer un supplice trop rude,
C'est assez qu'il vous donne un peu d'inquiétude.
Hélas ! ce n'est pas trop : allez, quittez ce lieux ;
Dans ce dernier soupir, recevez mes adieux.

ARMINIUS.

...on, je ne reçois point un adieu ſi funeſte.
... faut vous perdre, hélas! que m'importe du reſte?
...adame, quelque ſort qui me ſoit préparé
... dois l'attendre ici d'un viſage aſſuré.
...oulez-vous que montrant une indigne foibleſſe,
...aille loin de vos yeux expirer de triſteſſe?
...ous livrer à Varus. Ah! s'il me faut mourir,
...ue ce ſoit pour la gloire, & pour vous conquérir.
...uel ordre! quel départ! Dieux! quand je l'enviſage,
... frémis, & je ſens chanceler mon courage.
...uoi! j'irois pour ſauver de miſérables jours,
...ont ma douleur bientôt auroit tranché le cours.
...rrer déſeſpéré de contrée en contrée,
... portant dans mon cœur votre image adorée.
...ns ceſſe dévoré d'inutiles ſouhaits,
...ous chercher en tous lieux, & ne vous voir jamais.
...uoi! j'irois loin de vous languir ſans eſpérance;
...ans trouver un moment d'intervalle à l'abſence?
...andis que mon Rival, content, favoriſé,
...ouiroit du bonheur qu'on m'auroit refuſé.
...l'en préſerve le Ciel; qu'ici plutôt je meure:
...ivre dans ces horreurs, c'eſt mourir à toute heure.

Vous le connoissez trop, retenez donc vos ple
Epargnons-nous tous deux d'inutiles douleu
Laissez-moi voir Segeste, il doit ici se rendr
Je vais frapper son cœur par l'endroit le p
tendre ;
Je vais l'encourager, rappeller à ses yeux
Sa parole, son sang, ses exploits glorieux ;
Il se rendra peut-être, & me fera justice :
Mais dût-il de mon sang hâter le sacrifice.
Fidéle à mon amour, fidéle à mon pays,
L'un & l'autre par moi ne seront point trahis
Que Segeste en fureur s'arme contre ma vie ;
Je n'aime fortement que vous, & ma Patrie.
J'en atteste les Dieux : le coup me sera doux
Qui me fera périr & pour elle, & pour vous.

ISMENIE.

Hélas ! ah ! quels malheurs... mais j'apperçoi
mon Pere.
Ah ! Prince, gardez-vous d'allumer sa colere !
Surtout souvenez-vous durant votre entretient,
Qu'aujourd'hui votre sort décidera du mien.
Adieu.

ARMINIUS *appercevant Segeste.*

Fais moi fléchir ce courage barbare.
O Ciel !

SCENE III.

SEGESTE, ARMINIUS, SUNNON, SINORIX.

SEGESTE *à Sunnon, & à Sinorix.*

A M'OBEIR, Gardes, qu'on ſe prépare.
Exécutez mon ordre, & ne balancez pas.
Cependant laiſſez-moi, ne ſuivez point mes pas.

SCENE IV.

SEGESTE, ARMINIUS *aſſis.*

ARMINIUS.

ENFIN, je vous rejoins après ſix mois d'abſence :
Seigneur, le ſort répond à mon impatience ;
Je n'avois pas penſé que juſques à ce jour
Il dût auprès de vous réculer mon retour :
Mais depuis ces forêts où l'Elbe prend ſa ſource,
Tant d'obſtacles divers ont retardé ma courſe ;

Que malgré mes efforts & mon empressement
Je n'ai pû l'avancer, Seigneur, d'un seul moment.

SEGESTE.

Seigneur, de vos desseins vous seul êtes le maître,
Et pour vos intérêts vous avez crû peut-être
Qu'il falloit négliger mes utiles avis :
Mais tout autre que vous les auroit mieux suivis.
Je n'examine point quelle raison puissante
Vous a fait refuser une paix importante.
Cependant je l'avoue, après vos longs refus,
Segeste dans ce camp ne vous attendoit plus.

ARMINIUS.

Vous ne m'attendiez plus. O Ciel ! pouviez-vous croire
Qu'un serment solemnel sortît de ma mémoire !
Que je puisse le rompre & vous manquer de foi :
Mais vous justifiez l'état où je vous voi.
Quel vous laissai-je ? Hélas ! quel aujourd'hui vous êtes ?
Ma raison se confond à voir ce que vous faites.
Segeste, ce Héros que nous admirions tous,
Dont la valeur, le nom faisoit tant de jaloux,
Vient de ternir l'éclat de ces lauriers illustres
Qu'il avoit moissonnés pendant plus de six lustres,

·on jamais, grands Dieux ! un ſemblable retour?
nos neveux, Seigneur, le croiront-ils un jour?

SEGESTE.

trout ce que j'ai fait j'ai peſé l'importance;
gneur, & j'ai ſuivi les loix de la prudence;
ſont des changemens où les Princes, les Rois
ortent par raiſon plutôt que par leur choix.
conſidérent peu quel ſerment les engagent:
conſultent leur foi moins que leur avantage,
églant leur parole aux caprices du ſort,
chiſſent ſous les loix qu'impoſe le plus fort.
maximes d'Etat n'ont rien qui déshonore,
i vous l'ignorez, vous êtes jeune encore.
is l'apprendrez, Seigneur; & peut-être qu'un jour
is vous en ſervirez vous-même à votre tour.

ARMINIUS.

! pour me détourner de ce funeſte exemple;
iffit qu'aujourd'hui, Seigneur, je vous contemple.
ſont tous vos emplois, votre Cour, vos grandeurs?
vous commande ici, vous commandiez ailleurs.

Vous faisiez le destin de toutes nos Provinc[es];
Vous serviez de modéle à nos Chefs, à nos P[rin]-
ces;
Vous étiez aimé, craint, renommé, Souver[ain];
Vous n'êtes aujourd'hui qu'un citoyen Rom[ain].
Et vous sacrifiez à ce titre sans gloire
Ces noms toujours suivis d'une longue mémo[ire].

SEGESTE.

Et cet abaissement doit me combler d'honne[ur];
Tous ces noms éclatans ne flattent point m[on]
cœur.
Ma puissance me gêne, & cesse de me plaire,
Lors que de mes sujets elle fait la misere,
Et pour leur assurer un sort, des jours heureu[x]
J'embrasse leur destin, & suis sujet comme e[ux].
Voilà ce qu'on appelle amour de la Patrie,
Et non de vos pareils l'indiscrete furie;
Vous sacrifiez tout au soin de votre rang;
Des peuples malheureux vous prodiguez le sa[ng];
Et votre ambition d'un faux zele animée,
Achete de leur vie un peu de renommée.
Quel bonheur dans la guerre ont trouvé [nos]
Etats?
De quoi leur ont servi nos siéges, nos comba[ts]?
Ah! j'ai donné cent fois des larmes à nos pert[es]:
Les Temples ruinés, les Provinces désertes;
Les Princes moissonnés à la fleur de leurs ans;
Les massacres cruels des Femmes, des Enfan[s].

:s campagnes partout languiſſantes ſtériles,
ı faim, les fers, la mort, le pillage des Villes:
e ſont-là les effets par la guerre produits,
: de votre fierté les déplorables fruits.
:s peuples cependant ne reſpirent qu'à peine;
t votre amour pour eux eſt ſemblable à la haine.
our moi je ne veux plus de victoire à ce prix,
préfere la paix à ces triſtes débris.
a paix rend un Etat floriſſant, riche, illuſtre;
a victoire avec ſoi ne porte qu'un faux luſtre.
algré l'éclat trompeur qui flatte les Guerriers,
lle les fait gémir ſous leurs propres lauriers.
i le frere en pleurs redemande ſon frere:
à le Pere ſon fils, ici le fils ſon Pere;
t dans le camp vainqueur, il eſt ſouvent douteux
equel des deux partis eſt le plus malheureux.

ARMINIUS.

ui, Seigneur, j'avouerai que ſouvent la victoire
ous vend cher ſes faveurs, empoiſonne ſa gloire.
lue la Paix a des biens plus ſolides, plus doux,
l'aurois recherchée, enfin autant que vous,
vec un ennemi moins fier & moins terrible.
lais la paix avec Rome eſt un joug infaillible:
t ſous les noms flatteurs d'amis, ou d'alliés,
lle aſſervit les Rois, & les foule à ſes pieds.
u moment qu'avec elle un traité nous engage,
los enfans dans ſes murs envoyés en ôtage,

Et dès nos jeunes ans arrachés de nos bras,
Contre tous ses soupçons ne la rassurent pas.
Sur le moindre projet de quelqu'autre alliance
Ne voit-on pas sur nous tomber sa défiance?
Avant que rien résoudre il faut prendre sa voix
Et jusqu'à notre Hymen tout dépend de son choix.
Mais c'est peu. De nos jours arbitre souveraine,
Lors qu'elle nous proscrit, notre perte est certaine.
Son Barbare Sénat, sans foi, sans amitié,
Jamais pour nos pareils n'a montré de pitié.
Des Princes qu'elle craint la plus légere offense,
Attire sans retour les traits de sa vengeance;
Et sa fausse clémence en de grands attentats,
Fait gloire d'épargner ceux qu'elle ne craint pas.
Ah! la Paix sous ses loix est un bonheur funeste,
Elle me fait horreur, le Peuple la déteste.
Les Germains des trésors fuyant la vanité,
Sont trop riches, Seigneur, avec la liberté.
Pour se la conserver & tout sexe, & tout âge,
De tout temps parmi nous a prouvé son courage.
Les femmes dans les Camps, auprès de leurs Epoux,
Méprisent les dangers, & s'exposent aux coups,
Sans foiblesse, sans art, sans parure éclatante,
Leur pompe est leur vertu, leur Palais une Tente,
Leurs fils dans le travail, dans la guerre formés
Dès le flanc de leur mere y sont accoutumés.

Ces Enfans nés guerriers au milieu des allarmes,
A peine ouvrent les yeux qu'ils demandent des armes ;
Ils en font tous leurs jeux. Ah ! pouvez-vous, Seigneur,
Sous un joug odieux enchaîner leur valeur.

SEGESTE.

Hé! qu'a-t-il d'odieux, ce joug où je l'enchaîne ?
Rome n'a plus pour nous de mépris, ni de haine,
Elle nous traite en fils, & ne distingue plus
Nos peuples & les siens unis & confondus :
Elle régle nos mœurs, sa prudence en sépare
Ce qu'elles ont d'affreux, de rude, & de barbare,
Elle enseigne à chérir, à respecter les loix,
A faire des vertus le véritable choix ;
Elle épanche pour nous ces trésors que la guerre
A portés dans son sein des deux bouts de la terre.
Ses bontés envers nous éclatent chaque jour,
Et nous n'en recevons que des marques d'amour.

ARMINIUS.

Hé quoi ! vous rendez-vous à ces fausses tendresses ?
Voyez, voyez les fers cachés sous ces caresses,
Pour imposer le joug au grand cœur des Germains,
Rome change à présent de route & de desseins ;

Tandis qu'elle a voulu les vaincre par les armes
De ses puissans efforts ils n'ont point pris d'allarmes;
Elle a toujours trouvé quand on a combattu,
Valeur contre valeur, vertu contre vertu:
Elle veut aujourd'hui par un chemin contraire
Achever ce qu'encor la force n'a pu faire,
Et cherche le secours de ces feintes douceurs,
Qui ne manquent jamais d'abuser les grands cœurs.
Mais, Seigneur, c'est assez contesté l'un & l'autre,
Vous blâmez mon parti, je condamne le vôtre.
Il est temps de finir ce fâcheux entretien,
Qui porteroit trop loin votre esprit & le mien.
Permettez seulement qu'un heureux Hymenée
D'Isménie à mon sort joigne la destinée.
Vous me l'avez promise, & de nos jeunes ans,
Nous sommes engagés par de communs sermens.

SEGESTE.

Ma fille? quoi, Seigneur? y pensez-vous encore?
Se peut-il? . . .

ARMINIUS.

Si j'y pense. Ah! Seigneur, je l'adore!
Jamais de tant d'amour mon cœur ne fut épris.

SEGESTE.

Elle n'eſt pas pour vous, Seigneur, d'aſſez haut prix.
Songez que cet Hymen bleſſeroit votre gloire.
Vous, épouſer ma fille. Ah ! pourroit-on le croire ?
Voulez-vous juſques-là profaner votre main ?
Vous qui mépriſez tant un Citoyen Romain.
Je le ſuis, & de plus je fais gloire de l'être.
Vous êtes Souverain ; je reconnois un Maître.
Seigneur, portez ailleurs, vos ſoupirs, & vos feux.
Cent Reines brigueront votre main, & vos vœux.

ARMINIUS.

Seigneur, n'inſultez point au malheur qui m'accable ?
Ne déſeſpérez point un Prince déplorable,
Qui peut vous obliger à me manquer de foi ?

SEGESTE.

Je vous ſers en effet, & fais ce que je dois.
Seigneur, à d'autres nœuds ma fille eſt deſtinée,
L'Etat où je me vois regle ſon Hymené.
Enfin, pour ſon Epoux, j'ai fait choix d'un Romain ;
Et Varus dans ce Camp doit l'épouſer demain,

ARMINIUS.

Avant que mon Rival épouſe ce que j'aime,
Ce Rival périra, fut-ce Céſar lui-même.

SEGESTE.

Nous n'appréhendons point vos funeſtes projets.

ARMINIUS.

Que Varus pour le moins en craigne les effets.
Je ne vous dis plus rien : adieu, Seigneur, peut-être
Le temps & le ſuccès vous le feront connoître.

SCENE V.

SEGESTE *seul.*

Le ſuccès ne ſera que malheureux pour toi.
Tu ne porteras point tes fureurs loin de moi.

SCENE VI.

VARUS, SEGESTE.

VARUS.

QU'AVEZ-vous fait, Seigneur? Et que doit-on attendre?
Mais quoi! Quel eſt ce bruit que je ne puis comprendre?
Qui cauſe ce tumulte & ces cris confondus?

SEGESTE.

Ma Garde par mon ordre arrête Arminius.
A notre ſûreté ſa perte eſt néceſſaire.
Hâtons-nous ou craignons ſa fureur téméraire.
Perdons ſans balancer ce mortel ennemi.
On ne doit jamais nuire ou haïr à demi.
Seigneur, je ſuis inſtruit de toutes ſes penſées,
Par des lettres des ſiens à lui-même adreſſées.
Sinorix a ſurpris celui qui les portoit:
Elles ſont en mes mains. Ce Prince ſe flatoit
D'attaquer notre Camp, d'enlever Iſménie.
Aſſurons-nous la paix aux dépens de ſa vie.

SCENE VII.

VARUS, SEGESTE, ARMINIU[S] *se défendant au milieu des Gardes*, SUNNON, SINORIX.

ARMINIUS.

AH! traîtres, achevez, percez, percez mo[n] sein.
Pourquoi m'arrachez-vous les Armes de l[a] main?
Et n'est-ce point assez que vous preniez ma vie,
Sans m'exposer encor à tant d'ignominie?
(*Voyant Segeste.*)
Te voilà. Tu n'as plus ni parole ni foi.
Segeste, par ton ordre on attente sur moi.
Les droits les plus sacrés n'ont donc rien qui t'arrête;
Et tu veux aux Romains faire un don de ma tête.
Digne emploi d'un Héros, qui durant quarante ans,
A rempli l'Univers de ses faits éclatans.
Mais toi qui viens jouïr de toute ma disgrace:
Toi, dont le front déja du trépas me menace.

agnanime, Varus, penses-tu m'étonner:
avois juré ta mort, tu peux me la donner:
entendrai sans frémir l'Arrêt le plus sévere;
crains plus ta pitié que toute ta colere.

VARUS.

Non, non, je ne viens point jouïr de ta douleur,
e respecte ton rang, ton nom, & ton malheur,
e fais plus, de tes jours arbitre volontaire.
e veux que de ton sort le Sénat delibere.
ui seul te jugera: cependant ne crois pas
Que la pitié me touche & retienne mon bras.
Ce que je fais pour toi, je le fais pour moi-même;
smélie a ta foi, tu l'adores, je l'aime.
Comme Chef des Romains, je te dois condamner:
Mais comme ton Rival, je te veux épargner,
Pour assurer ma gloire & confondre l'envie,
Qui pourroit m'accuser d'en vouloir à ta vie.

ARMINIUS.

Détrompe-toi, Varus, & sois moins généreux.
Précipite ma mort si tu veux être heureux.
D'un Rival tel que moi la vie est importune;
Et l'on peut entre nous voir changer la fortune.
L'exemple en est commun: mais sois sûr qu'à mon tour,
Je balancerai moins à te priver du jour,

VARUS.

Si de mon ſort jamais les Dieux te rendant m
tre ;
A tes yeux ſans ſecours me forcent de paroître
Tu pourras ou me perdre ou me ſauver. Et m
Sans prévoir l'avenir je fais ce que je doi.

SEGESTE.

Je ne ſçaurois ſouffrir, Seigneur, qu'il vous o
trage.
Qu'on l'ôte.

ARMINIUS.

De Segeſte eſt-ce-là le langage ?
Regarde en quels malheurs tu t'es précipité ?
Vois de nous deux, enfin, qui doit être imité ?
Tu reſpectes Varus, tu le crains, je le brave,
Je ne parle qu'en Roi ; tu parles en Eſclave.
Et captif, déſarmé je ſuis plus ſouverain,
Que tu ne l'as été les armes à la main.

VARUS.

Laiſſons un libre cours à ſa douleur mortelle.
Seigneur, un ſoin preſſant en d'autres lieux
m'appelle.
Qu'on le garde.

SEGESTE.

Sunnon, appliquez-y vos ſoins,
[illegible]'il ait à tous momens vos regards pour témoins;
[illegible]rtout ſouvenez-vous qu'il y va de la tête.

ARMINIUS.

[illegible]ù faut-il me conduire ? Allons, quoi qu'on m'apprête,
[illegible] défie à la fois le ſort & les Romains.
[illegible]ſtes Dieux ! vous ſçavez les malheurs que je crains.

Fin du ſecond Acte.

ACTE III.

SCENE PREMIERE.

POLIXENE, BARSINE.

POLIXENE.

APPRENDS-moi donc, Barsine, où l'o' garde mon frere ?
Que j'aille lui prouver une amitié sincere,
Et m'acquiter vers lui du plus juste devoir...

BARSINE.

Vous sera-t-il permis, Madame, de le voir ?
Pour vous plaire, Sunnon, osera-t-il enfreindre
L'ordre exprès...

POLIXENE.

De ma part, Sunnon, n'a rien à craindre.
Etrangere en ce Camp, sans secours, sans soldats ;
Je ne puis que pleurer ; voilà mes attentats.

n de pouvoir défendre un Prince qu'on opprime ;
ours offrir à Rome une double victime :
re le sort d'un frere, adoucir son ennui,
plaindre, le servir, & mourir avec lui.

BARSINE.

Ciel ! auriez-vous pris un dessein si funeste ?

POLIXENE.

puis-je former d'autre ? Et quel espoir me reste ?
sein de nos Etats on m'ameine en ces lieux,
is l'appas, sous la foi d'un Hymen glorieux.
me flatte qu'ici dès long-temps attenduë,
joie en tous les cœurs doit régner à ma vuë ;
ie j'y dois trouver même une pompeuse Cour.
'ai-je trouvé ? Je vois que dès le premier jour
este me traitant en mortelle ennemie,
le dernier mépris me couvre d'infâmie ;
ur un trône promis me prépare des fers,
jouit de ma peine aux yeux de l'Univers.
ais hélas ! ce n'est point ce qui me désespere,
sens moins mes malheurs que les périls d'un frere :
de quel frere encor ? Pour louer ses Exploits,
Renommée à peine a-t-elle assez de voix ?
i seul à des Germains fait revivre la gloire,
sous leurs étendarts ramené la Victoire.

On le livre aux Romains, sans doute il va p[...]
Dieux ! n'est-il point de bras prompts à le[...]
courir ?
Laisserez-vous tomber cette tête proscrite ?
Vous Soldats tant de fois triomphans à sa sui[...]
Et vous Peuples du joug, sauvez par sa valeu[...]
Ne défendrez-vous point votre heureux défe[...]
seur ?

BARSINE.

Oui, Madame, espérez qu'un secours favor[...]
ble...

POLIXENE.

Hé ! qui voudroit servir ce Prince déplorable [...]
Qui voudroit de ses maux avoir quelque pitié [...]
Quand ceux qui lui juroient une étroite amiti[...]
Quand ceux que l'Amour même engage à [...]
défense,
Semblent passer pour lui jusqu'à l'indifférence.
Sigismond, Isménie, ont oublié tous deux
Qu'ils aimoient autrefois ce Prince malheureu[...]
Leur voit-on rien tenter pour assurer sa vie ?
Ah ! de leur souvenir je suis aussi bannie.
Prennent-ils quelque soin de flatter ma douleur.
L'infortune du frere est commune à la sœur.
Hélas ! dans tous les cœurs quel changement j[...]
trouve !
Par quel destin fatal, Dieux ! faut-il que j'éprou-
ve

... nos cruels malheurs glacent dans un ſeul
jour
...nitié la plus forte, & le plus tendre amour ?

BARSINE.

...injuſte ſoupçon offenſe l'un & l'autre.
...lame, leur douleur eſt égale à la vôtre.
...larmes d'Iſménie en ce même moment,
...n Pere irrité, parlent pour ſon Amant.
...ſmond a juré de ſauver votre Frere...
...s il vient. Apprenez ſi ſon cœur eſt ſincere.

SCENE II.

...GISMOND, POLIXENE, BARSINE.

SIGISMOND.

QUEL eſt votre deſſein ? Venez-vous dans
ces lieux,
...dame, pour cacher vos plaintes à mes yeux ?
...'oſe me flatter que ma ſeule préſence
...ſe de vos ennuis calmer la violence :
...ourtant votre amour étoit égal au mien,

POLIXENE.

Ah ! Seigneur, finiſſez cet étrange entretien.
Quel temps choiſiſſez-vous? La triſte Polixe
N'a le cœur pénétré que de crainte & de hai
Ces divers mouvemens l'agitent tour-à-tour
Il n'eſt plus dans ce cœur de place pour l
mour.

SIGISMOND.

Que dites-vous? ô Ciel !

POLIXENE.

Ce que je ne puis tai
Je déteſte Varus : je tremble pour mon frere.
Je vois l'un Souverain ; l'autre perſécuté.
Jugez de ma douleur dans cette extrémité?
Si je dois m'occuper d'une inutile flamme.
Mais quand l'amour encor régneroit dans m
ame,
De quoi me ſerviroit ce vain amuſement?
Seigneur, doit-on aimer lorſqu'on n'a pl
d'Amant?

SIGISMOND.

De ce fatal diſcours, que faut-il que je penſe?
Me ſoupçonnerez-vous? ... Mon eſprit en ba
lance,
Ne ſçauroit ...

POLIXENE

POLIXENE.

Non, Seigneur, je ne vous connois plus.
n'ai jamais aimé l'Esclave de Varus.

SIGISMOND.

lste Ciel! votre cœur me peut-il méconnoître?

POLIXENE.

ous m'y forcez, Seigneur, quand vous souffrez un Maître.
ui, lors que je vous vois, en vain je veux chercher
e Prince qui m'aimoit & qui m'étoit si cher.
'Amour m'assure en vain que vous êtes le même.
h! j'en vois malgré lui la différence extrême.
trouve encor en vous cet air grand, glorieux;
ette grace, ces traits qui charmerent mes yeux:
ais je n'y trouve plus cette ardeur héroïque,
ui soutenoit jadis la fierté Germanique:
e courage élevé, cette noble grandeur,
t tant d'autres vertus qui charmerent mon cœur.

SIGISMOND.

h! vous deviez me rendre un peu plus de justice,
ans avoir attendu que je vous éclaircisse

De tout...

POLIXENE.

Hélas! Seigneur, pendant ce vain discours,
De mon Frere, peut-être on va trancher les jours :
Peut-être la fureur d'un Rival qui l'abhorre...

SIGISMOND.

Calmez votre douleur, ne craignez rien encore:
Madame, & permettez que je vous fasse voir ;
Si d'un fidéle Amant, j'ai rempli le devoir :
Si je balance enfin, entre vous & mon Pere :
Mais j'en laisse le soin au Prince votre Frere.
Il parlera, Madame, & vous convaincra mieux.

SCENE III.

ARMINIUS, SIGISMOND, POLIXENE, SUNNON, BARSINE.

POLIXENE.

Ciel ! que vois-je ? Est-ce vous ? En croirai-je mes yeux ?
Seigneur, & quel secours ? Quelle main pitoyable,
Finit en vous sauvant le tourment qui m'accable ?
A qui dois-je mon frere ? Et qui me l'a rendu ?

ARMINIUS.

Vous m'en voyez moi-même étonné, confondu.
Gardé près de ces lieux tout plein de mes disgraces,
De mes fiers ennemis rappellant les menaces ;
Préparé par avance aux cruautés du sort,
J'attendois à toute heure une sanglante mort.
Lorsque Sunnon entrant, j'ai lû sur son visage,
De quelque grand dessein l'infaillible présage.

Hâtons-nous, m'a-t-il dit, Seigneur, & suivez-
moi:
Du salut de vos jours fiez-vous à ma foi.
Je le suis. Nous trouvons une route secrete,
Qui, jusques dans ces lieux, guide notre re-
traite.
De la nuit qui survient l'heureuse obscurité,
A si bien secondé notre témérité,
Que je vous vois enfin, le reste je l'ignore...

SIGISMOND.

J'ai tout osé pour vous; Seigneur, je dois encore
Remettre entre vos mains l'instrument glorieux
(Il prend l'épée d'Arminius des mains de Sunnon, & la lui rend.)
Des Exploits tant de fois achevés à nos yeux.
Ce n'est pas tout. Du Camp sortez en diligence:
Prenez en lui, Seigneur, une entiere assurance.
Il est instruit de l'ordre, & connu des Soldats.
Allez: ne craignez rien; & bientôt sur ses pas,
Vous gagnerez les bois, & joindrez votre Armée.

ARMINIUS.

De quel zele pour moi votre ame est enflammée?
Puis-je jamais payer des soins si généreux?

POLIXENE.

Le Ciel en ce moment a rempli tous mes vœux,

rince, puiſque c'eſt vous qui me rendez mon frere.

SIGISMOND.

artez, Seigneur ; fuyez l'implacable colere
e Segeſte aveuglé, des Romains furieux...

SUNNON.

n'eſt pas temps encor de ſortir de ces lieux.
es Soldats dans le Camp errans à l'avanture,
endent en cet inſtant votre fuite moins ſûre.
ttendons, qu'oubliant leurs pénibles travaux,
ans les bras du ſommeil ils cherchent le repos.
t que la nuit, Seigneur, un peu plus avancée...

SIGISMOND.

ui, par votre conſeil je change de penſée,
t je vais avec ſoin obſerver le moment
ù vous pourrez, Seigneur, vous ſauver ſurement.
oi-même dans ces lieux je viendrai vous reprendre.
ous, auprès de mon Pere, il eſt temps de vous rendre,
adame, par vos pleurs vous ſçaurez l'abuſer.

POLIXENE.

y cours : vous, pour leur fuite, allez tout diſpoſer.

Adieu, Seigneur; le Ciel ſecondant mon envi
Puiſſe-t-il par nos ſoins aſſurer votre vie.

SCENE IV.

ARMINIUS, SUNNON.

ARMINIUS.

VOus, qui, pour mon ſalut, travaillez av
eux;
Qui plaignez le deſtin d'un Prince malheureu
Ami, de qui le zele à ma perte s'oppoſe;
J'admire vos bontés, & j'en cherche la cauſe.
Quel charme à me ſervir vous a rendu ſi promp

SUNNON.

Devois-je moins, Seigneur, au Prince Sigi
mond?
C'eſt lui qui relevant ma naiſſance commune
Juſqu'au rang que je tiens a porté ma fortune,
Qui, pour vous aſſurer mes ſoins, & mon ſ
cours,
M'a juré que ſon ſort s'attachoit à vos jours.
Déja mon cœur pour vous craignoit un co
funeſte;
J'étois preſque ébranlé; le Prince a fait le reſt

quels que soient les noms qu'on me peut imposer,
os vertus, vos exploits, me sçauront excuser.
ivez, Seigneur, suivez l'ardeur qui vous anime,
ans le sang des Romains courez laver mon crime.
es Peuples asservis, courez briser les fers.
engez-les des mépris, des maux qu'ils ont soufferts.
orcez tous les Germains, enfin, de reconnoître
ue si Sunnon pour vous devient perfide & traître;
trahison sauvant son pays abbatu,
érite leur estime, & le nom de vertu.

ARMINIUS.

ui, laissez-moi le soin d'une juste vengeance.

SUNNON.

lais, Seigneur, si le Ciel trahit notre espérance.
ue sert de vous flatter? Je vois de toutes parts
lille périls divers s'offrir à mes regards.
a fuite de ce Camp paroît si difficile...

ARMINIUS.

l'importe; je mourrai satisfait & tranquille;
i je puis expirer les armes à la main,
t si mes derniers coups versent du sang Romain.

SCENE V.

ARMINIUS, ISMENIE, SUNNON.

ISMENIE.

VOus êtes libre, enfin, Seigneur, & Poli-
xene,
M'apprenant votre sort vient d'adoucir ma pei-
ne.
Dieux! de quels traits mon cœur s'est-il sen-
percer?
Non, nul autre que moi ne sçauroit le penser.
A peine je respire, abbatue, interdite...
Mais grace au Ciel, je vois tout prêt pour votr
fuite.
Vous vivrez.... Mais, hélas! plus d'Hymen
plus d'espoir;
Pour jamais aujourd'hui je cesse de vous voir,
Et le sort à nos vœux devenu trop contraire...

ARMINIUS.

Non, non, je fléchirai le sort & votre Pere.
Je vais, puisqu'il le faut, m'éloigner de vos yeux
Mais bientôt en Vainqueur, je reverrai ces lieux

La

a juſtice, l'amour, mon cœur, tout m'en aſſure.
e ſang de mon Rival lavera mon injure.
arus & les Romains dans ce Camp égorgés,
erviront de victime à mes feux outragés.
Ion bras...

ISMENIE.

Où vous emporte une aveugle colere?
'oulez-vous dans leur chute envelopper mon pere?
Quel eſt votre deſſein? Ah! Ciel! prétendez-vous
ans un Camp qu'il défend venir porter vos coups?
'ous verrai-je au combat animés l'un & l'autre?
'eut-être de ſa main... peut-être de la vôtre...
e frémis... C'eſt aſſez que nous l'oſions trahir.
'oulez-vous me forcer encore à vous haïr?
pargnez-le, Seigneur, & reſpectez ſa vie.

ARMINIUS.

e ſoin de ſon ſalut fait ma plus chere envie.
Quels que ſoient les affrons qu'il m'a fait aujourd'hui,
'il ſe trouve au combat je veillerai ſur lui;
Ioins jaloux mille fois d'emporter la victoire,
Que de ſauver ſes jours aux dépens de ma gloire.

ISMENIE.

Non, Seigneur, tous vos ſoins ne me raſſuren
pas.
Pourrez-vous retenir la fureur des ſoldats?
Je défends ...

ARMINIUS.

Révoquez une loi ſi barbare,
Ou redoutez les maux que Rome nous prépare
Souffrez ...

ISMENIE.

Non, c'en eſt fait, je n'y puis conſentii
N'en parlons plus.

ARMINIUS.

Et moi je ne veux plus parti
Je rentre dans les fers de votre injuſte Pere.
J'abandonne ma tête à toute ſa colere.
Ce Prince, les Romains altérés de mon ſang,
De la derniere goute épuiſeront mon flanc.
Vous le ſçavez? Déja ma perte eſt réſoluë,
Et du coup qui m'attend vous n'êtes point émuë
Ingrate, vous craignez pour un Pere inhumain
D'un combat éloigné le péril incertain,
Et vous ne craignez point pour un Amant fidell
Les horreurs d'une mort & prochaine & cruelle

Triste effet de mes soins ! je suis prêt à périr,
Et vous me défendez de m'oser secourir.
Mais, que dis-je ? Grands Dieux ! Quel espoir est le vôtre ?
Voulez-vous vous jetter entre les bras d'un autre ?
Vous donner à Varus ? Et que de son bonheur,
Pour vous plaire je sois tranquile spectateur ?
Non, non, n'espérez pas que mon obéissance,
Jusques à cet effort porte ma complaisance.
Votre fausse pitié m'éloigne de ces lieux ;
Et moi, je veux du moins ne mourir qu'à vos yeux.
J'y cours.

ISMENIE.

Quelle fureur ! quelle affreuse menace !
Arrêtez..... tout mon sang dans mes veines se glace.
Amitié, sang, amour, je cede à votre effort :
Vous déchirez mon cœur, qui sera le plus fort.
Qui.... Je sens que l'amour plus fort que la nature,
Du sang qui le combat surmonte le murmure.
Je me rends, & je laisse agir votre valeur ;
Entre mon Pere & vous, j'ai partagé mon cœur :
Mais un juste transport le fait pancher, l'entraîne
Du côté de celui dont la perte est prochaine.
Et quand je prends parti, Seigneur, entre vous deux,
C'est pour le plus à plaindre, & le plus malheureux.

SCENE VI.

ARMINIUS, SIGISMOND, ISMENIE, SUNNON.

ARMINIUS.

AH ! Madame...

SIGISMOND.

Seigneur, fuyez en diligence;
La nuit dans tout le Camp fait régner le silence.
Allons : marchez, Sunnon, & ne différons pas.

ARMINIUS.

Adieu, Madame.

ISMENIE.

Allez, Seigneur, hâtez vos pas.
Revenez, triomphez, mais sauvez-moi mon Pere.

SCENE VII.

ISMENIE *seule.*

IL part ; que sera-t-il ? Que faut-il que j'espere ?
Triomphant des Romains & d'un Rival vainqueur ;
Reviendra-t-il encor plus digne de mon cœur ?
Le verrai-je couvert d'une nouvelle gloire.
Brillant de cet éclat que donne la victoire.
Plein d'amour, à mes pieds venir prendre mes loix.
Mais si je l'avois vû pour la derniere fois.
Si du Ciel irrité la colere obstinée,
Par la fin de ses jours marquoit cette journée.
Hélas ! s'il périssoit en combattant pour moi ?
Que d'horreurs ! Tout ici redouble mon effroi.
Peut-être sa victoire également funeste,
En épargnant Varus fera tomber Segeste.
Non, non, rassurons-nous. Mon Amant aujourd'hui
N'en veut qu'à son Rival, & ne cherche que lui.
Il en triomphera sans accabler mon Pere.
Pardonne ce souhait à tes desirs contraire.
Segeste, je t'honore, & les devoirs du sang,
Dans mon cœur agité tiennent le premier rang.

Mais je frémis des nœuds où ton choix me destine,
Et l'état menacé d'une entiere ruine,
Fait révolter mon cœur contre un joug odieux.
Segeste avec Varus, quelle union? Grands Dieux!
Vous qui les unissez, & qui voyez ma peine,
Séparez ces objets & d'amour, & de haine;
Que je puisse aimer l'un avec fidélité;
Et voir immoler l'autre avec tranquilité.
Mais on vient. C'est Barsine. Hélas! que me veut-elle?

SCENE VIII.

ISMENIE, BARSINE.

BARSINE.

MADAME, c'en est fait, la fortune cruelle
Retient Arminius dans ce Camp odieux.

ISMENIE.

O Ciel! qu'entends-je?

BARSINE.

A peine il sortoit de ces lieux,
Qu'il a trouvé d'abord pour obstacle à sa fuite,
Que Varus fait au Camp une exacte visite.

ra de garde en garde ; il court de tous côtés :
: son ordre en cent lieux des soldats sont postés ;
ii, prêts à signaler leur zele & leur courage,
fendent de ce Camp le plus étroit passage.
jismond éperdu, Sunnon épouvanté,
: sçachant que résoudre en cette extrémité,
nt conduit votre Amant dans la tente prochaine.
lais enfin, désormais leur entreprise est vaine ;
ai vû leur désespoir, ils ne se flattent plus
: pouvoir hors du Camp conduire Arminius.
i fuite cette nuit leur paroît impossible.

ISMENIE.

insi, de ce Héros la perte est infaillible.
peine un seul instant, un peu d'espoir me luit.
Que ma crainte redouble au moment qui le suit.
le faudra-t-il toujours trembler pour ce que j'aime ?
Grands Dieux ! Ah ! que plutôt je périsse moi-même.
Ne ménageons plus rien, l'amour au désespoir
e fait de ses transports un souverain devoir.
Allons trouver ce Prince : allons dans mes allarmes ;
Dans les pleurs que je verse il trouvera des charmes ;

Et je sentirai moins mes mortelles douleurs
Si je puis partager son sort & ses malheurs.

Fin du troisieme Acte.

ACTE IV.

SCENE PREMIERE.

VARUS *seul.*

JE ne sçais que résoudre, & comment me conduire ;
Des ordres de César j'aurois voulu m'instruire.
Tullus que dès long temps j'ai dépêché vers lui.
De Rome auprès de moi doit se rendre aujourd'hui.
Qu'un moment paroît long à mon impatience.
Mais on vient, & je crois. Oui, c'est lui qui s'avance.

SCENE II.

VARUS, TULLUS.

VARUS.

EH bien, Tullus ! Eh bien ! qu'est-ce qu'on me prescrit ?
Qu'ai-je à faire ?

TULLUS *lui donnant une Lettre.*

Seigneur, l'Empereur vous écrit.
Des ordres de César instruisez-vous vous-même.
Lisez & connoissez sa volonté suprême.

VARUS *lit.*

Je suis contens des soins que vous prenez
Pour ranger les Germains sous mon obéissance.
Continuez, Varus, & vous ressouvenez
Que ce qu'on fait pour moi n'est pas sans récompense.
Je n'ai qu'un ordre à vous donner ;
Qu'Arminius par vous soit poursuivi sans cesse :
Employez pour le perdre, & la force, & l'adresse,
Je vous défends de l'épargner.

O Ciel !

TULLUS.

Qu'a donc pour vous cet ordre de funeſte?
..ignez-vous l'ennemi que l'Empereur déteſte?

VARUS.

..e fonde ſur ſa mort le bonheur de mes jours,
..s je n'oſe des ſiens faire trancher le cours.
..minius eſt cher à l'objet que j'adore,
..n ſuis haï, faut-il que je me charge encore
.. l'invincible horreur que la mort d'un Amant
..i donneroit pour moi juſqu'au dernier moment?
.. quel front oſerois-je aborder Iſménie,
..a ſang d'Arminius ma main encor rougie?
..einte d'un ſang ſi chéri voudroit-elle épouſer
..elui qu'innocent même elle oſe refuſer?
..h! ſans trahir Auguſte, & la cauſe publique,
..ccordons ma tendreſſe avec ma politique:
..n aſſurant ici les loix de l'Empereur,
..ſſurons s'il ſe peut le repos de mon cœur.
Que par la main d'un autre Arminius périſſe.
Qu'Iſménie en pleurant ce ſanglant ſacrifice,
..e me reproche point la ſource de ſes pleurs,
..t porte ſon courroux & la vengeance ailleurs.

TULLUS.

Hé ! qui l'immollera si vous lui faites grace ?
Qui punira, Seigneur, sa criminelle audace ?

VARUS.

Segeste, avec plaisir prendra ce triste emploi.
Arminius lui fait plus d'ombrage qu'à moi,
Ce jeune Chef par tout suivi de la victoire,
Des exploits de Segeste a surpassé la gloire.
Les peuples, les soldats charmés de sa valeur,
L'ont honoré du nom de leur Libérateur.
Tous couroient le chercher d'une ardeur empressée,
Et Segeste déchu de sa grandeur passée,
S'est rangé parmi nous pour s'épagner l'ennui
De le voir plus illustre & plus aimé que lui.
Mais le voici.

SCENE III.

ARUS, SEGESTE, TULLUS, SINORIX.

SEGESTE.

SEIGNEUR, ſur de juſtes allarmes
out le Camp ſe prépare & chacun prend les armes.
n vient de m'avertir que ſur la fin du jour
Nos ennemis ſortoient des forêts d'alentour,
Qu'ils s'avançoient vers nous. Ils ont appris peut-être
es extrêmes périls, la priſon de leur maître :
s craignent en ces lieux de voir trancher ſes jours,
t pleins d'amour pour lui volent à ſon ſecours.
e ne le cele point, Arminius me gêne.
Que pouvons-nous réſoudre ?

VARUS *à Sinorix.*

Allez, qu'on me l'amene.
Vous, Tullus, vers nos Chefs précipitez vos pas.
Que chacun au combat diſpoſe ſes ſoldats.

Je vous ſuivrai de près. Si l'ennemi s'avance:
Vous reviendrez de tout m'inſtruire en diligence.

SCENE IV.

VARUS, SEGESTE.

SEGESTE.

QU'AVEZ-vous réſolu, Seigneur ? Vous flattez-vous
De vaincre Arminius, de l'attacher à nous ?

VARUS.

Je ne ſçais : mais je vais du moins lui faire entendre
Le deſtin qu'en ces lieux ſa fierté doit attendre.
Je vais lui préſenter les ſupplices tout prêts;
Peut-être qu'à ſes yeux paroiſſant de plus près
Leur funeſte appareil malgré toute ſa haine
Donnera quelque crainte à ſon ame hautaine.

SEGESTE.

Ah ! ne l'eſpérez pas, ce farouche ennemi,
A mépriſer la mort, n'eſt que trop affermi.
Vous-même l'avez vû dans la guerre paſſée....

VARUS.

igneur, les temps divers font changer de pensée.
plus grand cœur s'effraye aux apprêts du trépas.
el l'a bravé cent fois au milieu des combats,
t vû d'un front ferain la mort presque infaillible,
ui n'a jamais connu tout ce qu'elle a d'horrible.
n esprit enflammé d'une noble chaleur,
oussé par la vengeance, ou flatté par l'honneur,
ccupé des moyens d'emporter la victoire,
e laisse alors les yeux ouverts que pour la gloire;
t fait que le guerrier jaloux de l'acquérir,
ole après les dangers & s'expose à mourir.
Iais ce même guerrier dans un état tranquille,
Ienacé d'une mort à sa gloire inutile:
)'une mort odieuse, & qu'il ne cherche pas,
V'est plus tel qu'il étoit au milieu des combats.
l fait voir sa foiblesse, il frémit, il murmure;
'esprit moins prévenu laisse agir la nature,
Et le trépas alors lui devient un objet
Plus redoutable encor qu'il ne l'est en effet.

SEGESTE.

Non, non, Arminius, à tout ce qu'on prépare,
Opposera, Seigneur, sa constance barbare;

Mais s'il ne se rend point ; cessez de ménager
Un ennemi toujours prompt à vous outrager,
Et repoussant d'un coup tous ceux qu'il nous apprête.
A ses troupes, Seigneur, faites porter sa tête ;
Alors tout fléchira. Rien ne peut résister.
Qu'attendez-vous ? Faut-il encore vous consulter ?

VARUS.

Non, ne différons plus une vengeance juste.
Allons, exécutons les volontés d'Auguste.
Hâtons-nous d'immoler un Rival odieux ;
Et laissons l'avenir entre les mains des Dieux.

SEGESTE.

Prononcez-donc, Seigneur, l'Arrêt de son supplice ;
De son sang à César, offrez le sacrifice.
Commandez. Un seul mot. Mais sçachons...

SCENE

SCENE V.

VARUS, SEGESTE, SINORIX.

SINORIX.

AH! Seigneur.

SEGESTE.

Hé bien! Arminius?

SINORIX.

Apprenez un malheur
Dont je frémis encore, & qui va vous surprendre.
Cannon vous a trahi.

SEGESTE.

Dieux!

VARUS.

Que viens-je d'entendre?

SINORIX.

On ne le trouve plus. Dans l'ombre de la nuit,
Avec Arminius, il s'est coulé sans bruit.

Tous ceux qu'il commandoit, interdits & timides,
Abusez par ses soins, ignorant....

SEGESTE.

Les perfides!
Tous m'ont manqué de foi, je vais les punir tous;
A peine tout leur sang suffit à mon courroux.
Mille morts...

SCENE VI.

VARUS, SEGESTE, SIGISMOND, SINORIX.

SIGISMOND.

NON, Seigneur, connoissez le coupable.
Ne portez point ailleurs ce courroux redoutable;
Dans le sang innocent ne trempez point vos mains.
Perdez-moi; j'ai tout fait. J'ai trompé vos desseins.
J'ai fait partir, Sunnon, je l'ai pressé....

SEGESTE.

Toi traître!
Tu trahis les Romains & ton pere & ton maître!

ı fers un ennemi par nos foins abbatu ?
ui te le fait fervir contre nous....

SIGISMOND.

Sa vertu,
ı valeur, fes exploits qu'en tous lieux on renomme ;
l'amour de ma Patrie, & ma haine pour Rome.
e foin de votre honneur, mon amitié pour lui,
out m'a follicité de lui fervir d'appui.
é quoi! pouvois-je voir ce Prince magnanime,
es Romains, de Varus, devenir la victime ?
t vos mains fe fouiller de fon fang précieux,
onfacré par les loix, par fon rang, par les Dieux.
ouvois-je voir, Seigneur, la trifte Germanie
erdre fon défenfeur contre la tyrannie ;
t Polixene en proie à fes vives douleurs
le demander fon frere, & m'accabler de pleurs.
'ai rempli mon devoir, Seigneur, faites le vôtre.
e fauve une victime, & vous en livre une autre :
i par ce que j'ai fait vous étes outrage;
l ne tient plus qu'à vous d'être bien-tôt vengé.
Verfez, verfez du fang : mais changez de victime.
Répandez tout le mien fans fcrupule, & fans crime.
Si j'avois crains la peine, & l'horreur du trépas,
Du Prince Arminius j'aurois fuivi les pas.

Mais je n'ai pas voulu que vos coups redouta-
bles
Tombassent sur des cœurs qui ne sont point cou-
pables.
Au gré de votre haine ordonnez de mon sort.
Je ne m'en plaindrai pas ; trop heureux si m[a]
mort
D'un reproche honteux sauvant votre mémoire
Aux dépens de ma vie assure votre gloire.

SEGESTE.

Oui ! lâche tu mourras puisque tu me trahis.

VARUS.

Ingrat, quelle fureur agite vos esprits ?
Où puisez-vous l'excès de cette haine injuste ?
Vous, de tant de bienfaits honoré par Auguste ?
Comblé par le Sénat de graces & d'honneurs.....

SIGISMOND.

Ne me reprochez point vos indignes faveurs ;
Lors qu'à m'en accabler votre Sénat s'applique ;
Dans ses fausses bontés je voi sa politique ;
Et ces fiers ennemis devenus complaisans,
Me font plus que leurs coups redouter leurs pré-
sens.
Hé ! qu'ai-je à faire ? ô Dieux ! de la grandeur
Romaine !
Que me sert-elle ? Hélas ! si je perds Polixene !

ui, Céſar, ſi par toi je m'en voyois priver ;
uand ſa perte à ton rang me devroit élever,
ans mon cœur indigné de cette récompenſe,
a haine tiendroit lieu de la reconnoiſſance.
é quoi ! tous tes préſens, ta libéralité
e pourroient-ils jamais payer ma liberté ?
aurois des fers dorés : mais je ſerois eſclave.
ne puis rien ſouffrir qui me gêne, ou me brave,
t ne connois pour maître en terre, & dans les Cieux,
ue la vertu, l'honneur, la juſtice, & les Dieux.

VARUS.

ourquoi veniez-vous donc ame ingrate, & perfide,
uivre depuis deux mois notre Aigle qui vous guide ?
uel charme ! quel deſſein vous conduit parmi nous !

SIGISMOND.

e glorieux deſir de m'inſtruire avec vous ;
'apprendre de plus près ce grand art de la guerre,
ui vous a fait dompter preſque toute la terre ;
'en joindre la pratique à ce que nous ſçavons,
t de vous vaincre un jour par vos propres leçons.

VARUS.

Juſte Ciel ! puis-je encor retenir ma colere ?
Sçaurois-je aſſez punir ce diſcours téméraire ?
Rendez graces au ſang dont vous êtes ſorti.

SEGESTE.

Il n'eſt plus de mon ſang s'il quitte mon parti.
Fait Citoyen Romain j'en ai pris les maximes.
Mon fils n'eſt plus mon fils, traître, couvert de
crimes.
Brutus & Manlius m'ont tracé le chemin :
Je le ſuivrai, Seigneur, & de ma propre main,
Immolant ſans pitié ce fils lâche & rebelle.
Je ſçaurai me couvrir d'une gloire immortelle ;
Venger l'honneur de Rome à mes yeux profané,
Et mériter le nom que vous m'avez donné.

VARUS.

Quoi ! Seigneur . . .

SEGESTE.

Puniſſons ma coupable Famille,
Dans ce fatal moment je haïs juſqu'à ma fille ;
Sans doute elle eſt complice, & du moins de ſes
vœux,
Elle a favoriſé ſon Amant malheureux.
Je veux que l'univers étonné du ſupplice....

SCENE VII.

ARUS, SEGESTE, SIGISMOND, ISMENIE, POLIXENE, SINORIX, BARSINE.

POLIXENE.

ARRESTE, Pere aveugle, & vois ton injustice :
pargne tes Enfans, & de ton fier courroux
r Polixene seule épuise tous les coups.
amour dans Sigismond a vaincu la nature ;
: si tu veux punir l'auteur de ton injure.
'est moi ; vois dans mes yeux le souverain pouvoir,
ar qui ton fils forcé s'oppose à ton espoir.
e délibere plus, me voilà toute prête,
: m'offre à ta fureur. Mais, qu'est-ce qui t'arrête ?
: me donner la mort, faut-il t'encourager ?
l'oses-tu te baigner dans un sang étranger ?
'oi, qui voulois verser celui de ta famille ?
)u peut-être crains-tu de punir une fille ?
1ais cesse d'épargner la sœur d'Arminius.
egeste, souviens-t'en. Toi, penses-y, Varus.

J'ai mêmes ſentimens, même cœur que mo
frere.
Je ferai contre vous plus qu'il n'a voulu faire.
Si je ne puis verſer du ſang dans les combats;
Je puis par mes diſcours animer les ſoldats;
Et ſuivant les tranſports de l'ardeur qui m'en
traîne,
Contre Rome en tous lieux faire éclater m
haine;
L'inſpirer à cent Rois abuſés ou ſoumis,
Et vous faire partout de nouveaux ennemis.

SIGISMOND.

Hélas! que faites-vous? Et voulez-vous, Ma-
dame,
Ebranler mon courage, intimider mon ame?
Je m'offrois à la mort ſans trouble, ſans dou-
leur.
Ah! venez-vous...

POLIXENE.

Je viens partager ton malheur,
Puiſqu'un ſaint nœud n'a pû lier nos deſtinées;
Que par la mort au moins elles ſoient enchaî-
nées.
Que tu ne vives pas un inſtant après moi:
Que je ne pouſſe pas un ſoupir après toi.

VARUS.

VARUS.

Quel discours ! quel dessein ! enfin, que puis-je faire ?
Faut-il . . .

SCENE VIII.

VARUS, SEGESTE, SIGISMOND, POLIXENE, SINORIX, TULLUS.

TULLUS.

VOTRE présence au Camp est nécessaire.
On entend dans les airs mille cris confondus,
Qui poussent jusqu'ici le nom d'Arminius.
Il vient fondre sur nous, & malgré la nuit sombre,
De ses Troupes, Seigneur, on découvre le nombre.
Nos Chefs & nos Soldats au combat préparés
N'attendent que l'emploi que vous leur donnerez.
Tous à l'envi . . .

VARUS.

Marchons, venez punir l'auda[illegible]
De ce jeune orgueilleux qui court à sa disgra[illegible]

SEGESTE.

Je vous suis. Sinorix, gardez ce criminel,
Ce rebelle chargé du courroux paternel.
Me punissent les Dieux que ma fureur atteste;
Si je l'épargne apres sa trahison funeste.

Fin du quatrieme Acte.

ACTE V.

SCENE PREMIERE.

SIGISMOND, ISMENIE, POLIXENE, GARDES.

SIGISMOND.

NE ſçaurons-nous jamais quel ſera notre ſort ?
Cet état incertain eſt pire que la mort.
Hélas ! chacun de nous tremblant pour ce qu'il aime ;
A peine en ce moment ſe ſouvient de lui-méme ;
De ce fatal combat que je crains le ſuccés :
J'y vois de toutes parts de ſiniſtres effets,
Où mon Pere expirant, où mon ami ſans vie,
Et peut-être ſa mort de la vôtre ſuivie.
Quel ſupplice ? grands Dieux ! où me vois-je réduit ?

ISMENIE.

O courroux ! ô rigueur du Ciel qui nous pourſuit,

Que de ſoupirs perdus ! que d'inutiles plaintes !
Toujours des ſoins nouveaux, & de nouvelles craintes !
Eſt-ce là le bonheur que j'avois attendu ?
Mais Barſine revient.

SCENE II.

SIGISMOND, ISMENIE, POLIXENE, BARSINE.

ISMENIE.

Parle, n'as-tu rien vû ?
Ne nous déguiſe rien.

BARSINE.

Je ne puis vous apprendre,
Que ce qu'un bruit confus vient de me faire entendre.
J'étois près de ces lieux où j'ai de toutes parts,
Promené vainement mes curieux regards ;
Je n'ai pû rien connoître, & ma timide vûë,
Dans mille objets affreux s'eſt d'abord confonduë.

Les clameurs des soldats mourans, ou renversés,
Les cris des combattans, les plaintes des blessés,
Le carnage, le sang, l'horreur, le bruit des armes,
Ont étonné mon cœur, & fait couler mes larmes.
Je n'ai pû soutenir ce spectacle sanglant :
J'ai frémi, j'ai couru vers ces lieux en tremblant,
Où des soldats Romains la joie & le langage,
M'ont appris que Varus avoit tout l'avantage,
Et que l'injuste sort secondant ses desseins,
Se déclaroit, Madame, en faveur des Romains.

POLIXENE.

Ne nous flattons donc plus, notre perte est certaine.
Votre Pere & Varus vont assouvir leur haine.

SIGISMOND.

Hélas! Madame.

POLIXENE.

Hé quoi! Prince, vous soupirez.
Juste Ciel! est-ce ainsi que vous me rassurez?
Pensez-vous que frappé du péril qui nous presse,
Mon cœur en ce moment soit exempt de foiblesse?

Je la cache à vos yeux pour ne pas redoubler
Des tourmens assez grands pour vous faire trembler.
Je vous cache la mienne : ah ! cachez-moi la vôtre !
Rassurons-nous plutôt, aidons-nous l'un & l'autre.
Je sens qu'il est cruel d'être privé du jour,
Lors qu'on fait son bonheur d'un mutuel amour.
Toutefois dans la mort que le Ciel nous envoie,
Nos cœurs doivent trouver quelque sujet de joie.
Nous mourrons satisfaits, vous de moi, moi de vous ;
Nous n'avons ni soupçons, ni mouvemens jaloux.
Cher Prince, notre sort est plus doux qu'il ne semble :
Nous mourrons l'un pour l'autre, & nous mourrons ensemble.

ISMENIE.

Oui, dans votre malheur vous êtes trop heureux.
Un semblable destin attire tous mes vœux.
Mais moi, de mon Amant, absente, séparée,
Des maux que vous souffrez comme vous dechirée.
Je ne sçaurois hélas ! pour flatter mon ennui,
Le voir, ni lui parler, ni mourir avec lui.
Hé quoi ! que chez les morts je m'apprête à le suivre,
J'aurai le déplaisir d'avoir pû lui survivre.

Dieux ! en cet instant peut-être que Varus
erce d'un trait fatal le cœur d'Arminius.
eut être de soldats une troupe barbare,
oule sa tête auguste, ou du corps la sépare;
t portant sur un dard ce trésor précieux,
n fait à tout le Camp un trophée odieux.
uste Ciel ! quel objet ? mais j'apperçois mon Pere;
Et je vois dans ses yeux éclater sa colere.
C'en est fait; n'attendons qu'un trépas rigoureux.

SCENE III.

SEGESTE, SIGISMOND, ISMENIE, POLIXENE, BARSINE, SINORIX, GARDES.

SEGESTE.

TRAITRES ! les Dieux cruels ont exaucé vos vœux.
Du sang de mes soldats, & des Troupes Romaines.
Le fier Arminius vient de couvrir vos plaines :
Mais de ce grand succès vous ne jouirez pas ;
Et loin que son triomphe ait pour lui des appas :
Lui-même il pleurera, du moins j'ose le croire,
L'avantage fatal de sa triste victoire ;

Puisqu'il perd aujourd'hui pour nous avoir dé-
faits,
Le plaisir & l'espoir de vous revoir jamais.
Varus encor suivi des restes de l'Armée,
Soutient d'Arminius la valeur enflammée.
Il l'arrête ; & je viens pour vous enlever tous,
Aux vœux d'un Ennemi qui ne cherche que vous.
Venez, venez à Rome, où Varus vous envoie.
Je vais vous y mener, & je sens quelque joie ;
A penser que le Chef de nos heureux Vainqueurs
Honorera bien-tôt ma fuite de ses pleurs.
Gardes qu'on les conduise. Allons, c'est trop
attendre.
Marchons.

SCENE IV.

SEGESTE, SIGISMOND, ISMENIE, POLIXENE, BARSINE, SINORIX, TULLUS, GARDES.

TULLUS.

IL n'est plus temps, & songez à vous
rendre.
Seigneur, tous nos Soldats sont dispersés ou
morts.
Arminius me suit, tout cede à ses efforts,

t Varus animé d'un généreux courage,
ient de méler ſon ſang au reſte du carnage.

SEGESTE.

eſt mort!

TULLUS.

Ouï, Seigneur, en Héros, en Romain;
n bravant l'injuſtice, & les coups du deſtin.
près avoir trois fois par des faits incroyables;
outenu des Germains les aſſauts redoutables;
)e ruiſſeaux de leur ſang inondé les ſillons,
t preſque renverſé leurs épais bataillons.
l voit de toutes parts ſes troupes fugitives,
t ne peut raſſembler ſes Légions craintives.
lors demeuré ſeul encore il ſe défend;
t fait ſentir la crainte aux Vainqueurs qu'il attend.
ls n'oſent l'aborder, ſa fierté les étonne.
'outefois à grands flots leur troupe l'environne,
t honteux de ſe voir par lui ſeul arrêtés,
ui pouſſent à l'envi cent coups précipités.
on ſang coule auſſi-tôt, il le voit, & rappelle;
)e ſa force épuiſée une force nouvelle.
'eſt aſſez, a-t-il dit: ah! ne permettons pas
Que mes jours ſoient tranchés par d'indignes Soldats;
urtout, épargnons-nous la rage & l'infamie,
De devoir au Vainqueur le reſte de ma vie.

Il se frappe à ces mots ; mortellement blessé,
Sur un monceau de corps il tombe renversé ;
Et ce coup à jamais consacrant sa mémoire,
Dans sa défaite même il se couvre de gloire.

SEGESTE.

Ah ! Varus, que je plains ! que j'admire ton sort !
Je brûle de te suivre, & d'imiter ta mort.
Je jure ainsi que toi de fuir l'ignominie,
De tenir du Vainqueur une importune vie.
Mais avant qu'achever le dessein que je prends,
Faisons un sacrifice à tes manes errans.
Que ces perfides cœurs que le destin me livre
Dans la nuit du tombeau soient forcés de te suivre.
Que sans égard enfin, du sexe ni du rang,
De tous trois à mes yeux on répande le sang ;
Que j'y méle le mien, qu'Arminius ne trouve
Que les sanglans effets des fureurs que j'éprouve,
Qu'il ne rencontre ici pour fruit de ses Exploits,
Que son ami, sa sœur, sa maîtresse aux abois ;
Et pour venger les maux où son bonheur m'expose ;
Qu'il plaigne mon trépas par les horreurs qu'il cause.
Frappez, Gardes. . . . Mais, Dieux ! le voici ce Vainqueur.
Ah ! que mon bras du moins seconde ma fureur.

… je meure ! . . . .

SIGISMOND.

Ah ! Seigneur, quel dessein ? quelle envie ?

ISMENIE.

…rêtez....

SEGESTE.

Quoi ! cruels, vous ménagez ma vie !
…us m'osez désarmer ; & vous voulez enfin,
Q'Arminius soit seul maître de mon destin ?

SCENE V.

SEGESTE, ARMINIUS, SIGISMOND, ISMENIE, POLIXENE, BARSINE, SINORIX, GARDES.

SEGESTE.

HE' bien, Arminius, par un revers funeste,
…a fortune en tes mains met le sort de Segeste.
…u sçais de quelle ardeur j'ai poursuivi tes jours.
…u me vois maintenant sans espoir, sans secours.

Venge-toi ſans ſcrupule, & prends une victi
Dont la perte eſt utile & la mort légitime.
Frappe, perce ce cœur qui n'attend que tes cou

ARMINIUS.

Ceſſez de m'animer, & d'aigrir mon courroi
Vos derniers attentats, vos cruelles injures
Ont laiſſé dans mon cœur d'aſſez vives bleſſ res,
Pour me porter ſans peine à vous donner la mo
Et je ne doute point, ſi la rigueur du ſort
Vous eût par ma défaite abandonné ma vie ;
Que déja vos fureurs ne me l'euſſent ravie.
Que n'avez-vous point fait aujourd'hui contr moi ?
Ce n'étoit pas aſſez de me manquer de foi.
Sans égard pour les droits que ma naiſſanc donne,
Vous avez attenté juſques ſur ma perſonne,
Et de vos fers honteux oſant charger mes mains
Fait de mon eſclavage un triomphe aux Ro mains.
L'Univers étonné du bruit de mon offenſe,
Ne le ſera pas moins d'apprendre ma vengean- ce.
D'un mot je puis vous perdre, & je ſuis offenſé :
N'y penſons plus, Seigneur ; oublions le paſſé :
C'eſt moi qui vous en prie. Enfin de ma victoire,
Je ne veux d'autre prix, je ne veux d'autre gloire,

…: le charmant espoir d'être de vos amis,
…e parfait bonheur de me voir votre fils.
…ignez moins de César la puissance funeste.
…nbattons seulement ; je vous réponds du
reste.
…vain vous avez crû que fidéle aux Romains,
…i Victoire partout seconde leurs desseins ;
…e contre leurs efforts rien ne nous peut défendre ;
…ur les vaincre, il suffit de l'oser entreprendre.
…us venez de les voir expirer sous mes coups,
…e ces Romains enfin, sont hommes comme
nous.
…is dûssions-nous périr, Seigneur, pour la patrie.
…urons libres du moins, s'il faut perdre la vie ;
…malheur éclatant est toujours glorieux.
…tenons notre gloire, & laissons faire aux
Dieux.

SEGESTE.

…incu, désespéré, que pourrois-je répondre ?
…nce, tous vos discours ne font que me confondre ;
…e ne m'attendois pas à ces soins généreux,
…si vous vous vengiez je serois plus heureux.
…aissez à loisir des fruits de la victoire :
…ais ne me forcez point d'en voir toute la
gloire.

Quand vous me découvrez vos nobles se
mens,
Ma honte & ma douleur croiſſent à tous m
mens.
Epargnez ma foibleſſe, & loin de votre vuë
Laiſſez-moi devorer le chagrin qui me tuë.

ARMINIUS.

Suivez-le, Sinorix, & veillez ſur ſes jours.
Madame....

ISMENIE.

Non, Seigneur, je vole à ſon ſecou
Permettez ....

SCENE DERNIERE.

ARMINIUS, POLIXENE, ISMENIE
SIGISMOND, BARSINE.

ARMINIUS.

Je vous ſuis, venez. Allons, Madam
Remettre par nos ſoins le calme dans ſon ame.
Malgré ſon déſeſpoir, malgré tout ſon cou
roux,
Le temps & nos reſpects le fléchiront pour nou

m'étois engagé de venger mon outrage,
e m'ouvrir jusqu'à vous un glorieux passage.
arus est mort enfin, les Romains sont défaits:
races aux Dieux, l'effet répond à mes souhaits.
e mes Libérateurs reconnoissons le zele,
t consacrons à Rome une haine immortelle.

FIN.

ANDRONIC,

ANDRONIC,

TRAGEDIE.

A MADAME
LA DAUPHINE.

ADAME,

Je vous offre cette Tragédie, parce qu'elle doit tout son mérite & son succès à votre seule approbation. Le public a réglé avec soumission & avec plaisir son jugement sur le vôtre, & les larmes dont vous avez honoré le déplorable sort d'Andronic, ont été suivies de celles de tout Paris. Quel bonheur pour moi d'avoir mis au jour un Ouvrage qui ne vous ait pas déplû ? Et quelle joie pour les Auteurs Tragiques, d'apprendre que vous vous laissez attendrir par la représentation de leurs Poëmes. Mais, MADAME, *ces mouvemens généreux, & cette noble pitié que ces spectacles inspirent aux belles ames, ne font pas tout le plaisir que le Théatre vous donne. Vous en goutez sans doute un plus agréable & plus glorieux, en comparant votre destinée à celle de ces illustres infortunés que la Scene expose à vos yeux. Vous trouvez d'abord que toutes leurs disgraces ont été causées ou par les persécutions de la fortune, ou par la tyrannie de leurs passions ; & vous voyez en même-temps que vous êtes pour jamais à couvert de ces deux sortes de malheurs. Fille de* Louis le Grand, *la fortune ne peut vous nuire, elle respecte tout ce qu'il aime, & semble prévenir ses moindres desirs ; ou plutôt elle cede à la prudence & à la valeur de cet adorable Monarque. Pour les passions, on sçait que vous ne les connoissez que chez les autres ; ou que si votre cœur est sensible à quelques-unes, elles sont véritablement des vertus. Aussi l'Europe vous regarde comme le modele des Prin-*

esses qu'elle éleve. Heureuses celles qui profiteront de vos exemples, & plus heureux moi-même si je puis un jour dépeindre une Héroïne en qui la France reconnoisse quelques-uns de vos traits. Je suis avec le plus profond respect,

MADAME,

Votre très-humble & très-obéïssant serviteur,
CAMPISTRON.

PREFACE.

LE ſuccès de cette Tragédie a été ſ grand, qu'il auroit pû me perſuade que j'ai fait une Piece parfaite, ſi j'avoi été plus vain que je ne ſuis : mais bien loin de le penſer, j'avoue de bonne foi qu'il y a pluſieurs défauts; ainſi j'attribue ſa réuſſit autant à la beauté du ſujet, & à l'adreſſ des Acteurs, qu'à mes vers & à mes pen ſées. Le ſujet eſt le plus touchant & l plus ſingulier qui ait jamais été traité, & Meſſieurs les Comédiens ſe ſont ſurpaſſé dans la repréſentation de cette Piece, tou les caracteres en ont été admirablemen bien remplis. Irene a fait verſer des lar mes à tous ceux qui l'ont entendue. Mai Monſieur le Baron s'eſt élevé au-deſſus d lui-même, il a trouvé l'art de rendre tou les jours ſon rôle nouveau par les différen tes manieres dont il l'a joué. Il y a décou vert & fait ſentir des beautés que je n' connoissois pas moi-même. Enfin, il a fait ce que ces Acteurs, que la Grece a tant vantés, auroient eu bien de la peine à faire.

ACTEURS.

COLOJEAN PALEOLOGUE, Empereur de Grece.

IRENE, Fille de l'Empereur de Trebisonde, femme de l'Empereur.

ANDRONIC, Fille de l'Empereur.

LEON, } Ministres d'Etat.
MARCENE, }

LEONCE, Envoyé des Bulgares auprès de l'Empereur.

EUDOXE, Gouvernante d'Irene.

NARCE'E, Confidente d'Irene.

MARTIAN, Confident d'Andronic.

ASPAR, } Officiers des Gardes de l'Empereur.
GELAS, }

CRISPE, Officier de l'Empereur.

GARDES.

La Scene est à Constantinople, autrefois Bisance, dans le Palais de l'Empereur.

ANDRONIC,

ANDRONIC,

TRAGEDIE.

ACTE PREMIER.

SCENE PREMIERE.

MARCENE, CRISPE.

MARCENE.

Quoi! malgré nos chagrins & notre longue haine.
Léon, dis-tu, demande à parler à Marcene?
A moi? me dis-tu vrai? Puis-je le croire ainsi?

CRISPE.

Oui, Seigneur, & bien-tôt il doit se rendre ici.

MARCENE.

Eſt-il quelque intérêt aſſez fort ſur ſon ame,
Pour contraindre un moment le courroux qui l'enflâme ?
Après que ſi long-temps ſoigneux de m'offenſer
Et dans tous mes deſſeins prompt à me traverſer.
Il a tenté cent fois d'uſurper ma puiſſance ;
Et l'emploi glorieux que j'exerce à Biſance.
Pour moi je l'avouerai, dans ma haine affermi :
Je ne regarde en lui qu'un mortel ennemi ;
Et ma faveur ſans ceſſe à la ſienne contraire,
Me venge aſſez des maux qu'il a voulu me faire.
Je l'attendrai pourtant, & pour être éclairci
Des ſentimens ſecrets d'un homme....

CRISPE.

Le voici.

SCENE II.

MARCENE, LEON, CRISPE.

LEON.

Que l'on nous laiſſe ſeuls, Seigneur, puis-
je prétendre,
(Criſpe ſe retire & l'on continue.)
Qu'avec tranquillité vous daignerez m'enten-
dre,
Et que de vos ſoupçons interrompant le cours;
Vous pourrez ſans contrainte écouter mes diſ-
cours?

MARCENE.

Je ne puis vous céler ma ſurpriſe ſecrete:
Mais dans quelque embarras où ce diſcours me
jette.
Parlez, ne craignez rien, en vous ouvrant à
moi.
Je le jure, Seigneur, fiez-vous à ma foi.

LEON.

Il ſuffit, ce ſerment a diſſipé ma crainte,
Et je vais m'expliquer ſans détour & ſans feinte:

Depuis plus de vingt ans, vous le sçavez, Seigneur,
Nous conduisons tous deux l'esprit de l'Empereur.
Il partage entre-nous son cœur & sa puissance;
Et nous dictons toujours les ordres qu'il dispense.
Du rang que vous tenez, confus, désespéré,
Pour vous en dépouiller j'ai cent fois conspiré;
Et vous que contre moi poussoit la même envie,
Vous avez attaqué ma faveur & ma vie.
Je ne craignois que vous, vous ne craigniez que moi:
Et puis qu'il faut ici parler de bonne foi,
C'étoit avec raison que jaloux l'un de l'autre,
Vous craigniez mon pouvoir, que je craignois le vôtre.
Puisque chacun de nous estimant son rival,
Trembloit qu'à sa fortune il ne devint fatal.
Persuadez tous deux en voulant nous détruire;
Qu'un de nous suffisoit pour gouverner l'Empire.
Souvent nos démêlés étant prêts de finir,
L'Empereur a pris soin de les entretenir:
Nos chagrins l'ont servi bien mieux que notre zele;
Chacun de nous étoit un ministre fidéle,
Dont les yeux attachés sur un seul ennemi;
Toujours dans son devoir le tenoit affermi.
Ainsi tant qu'ont duré nos haines mutuelles,
L'Empereur a joui du fruit de nos querelles;

Il faut les terminer, le jour en eſt venu.
L'état de cette Cour, Seigneur, vous eſt connu ;
Depuis près de deux mois qu'en épouſant Irene,
L'Empereur s'eſt lié d'une nouvelle chaîne ;
Qu'enlevant la Princeſſe à ſon fils malheureux,
D'une foi tant jurée, il a rompu les nœuds.
Andronic tout entier ſe livre à la colere ;
Et ſi dans ſes tranſports, il épargne ſon pere :
S'il le reſpecte encore, ah ! croyez que ſur nous
Il en ſera tomber les plus funeſtes coups ;
Il impute à nos ſoins ſa triſte deſtinée,
Il croit que pour réſoudre un ſecond hyménée.
Enfin, pour en former les injuſtes liens,
L'Empereur a ſuivi vos conſeils & les miens.
Nos périls ſont égaux, nos craintes ſont communes.
Seigneur, aſſocions nos cœurs & nos fortunes ;
Et pour nous mainténir, hâtons-nous de dreſſer
Un rempart qu'Andronic ne puiſſe renverſer.

MARCENE.

Je ne ſçais ſi je puis avec quelque aſſurance,
Seigneur, de vos diſcours bannir la défiance :
Mais perſonne en ces lieux ne peut nous écouter.
Nous ſommes ſeuls enfin, qu'aurois-je à redouter ?
Quand vous m'accuſeriez, votre ſeul témoignage
Ne peut contre ma foi donner le moindre ombrage :

Je connois là-dessus l'esprit de l'Empereur ;
Je vais donc vous répondre & vous ouvrir mon cœur.
Seigneur, de vos avis je vois trop l'importance ;
Le Prince est plus à craindre encore qu'on ne pense.
Il régnera ; comment nous pourrons-nous sauver ?
Pour moi qui fus chargé du soin de l'élever ;
Je me suis fais long-temps une pénible étude
De percer les raisons de son inquiétude.
Vous sçavez que toujours solitaire, inquiet,
Farouche, il a paru ne vivre qu'à regret.
Grace à mes soins, j'ai lû jusqu'au fond de son ame ;
J'ai vû son désespoir, l'ambition l'enflâme ;
Au desir de régner sans cesse abondonné,
Tout lui déplaît ici n'étant point couronné.
Quelque soin qu'on ait pris d'abbaisser son courage,
De dompter son orgueil dans un long esclavage.
On l'a vu chaque jour loin de s'humilier,
Se roidir contre nous & devenir plus fier.
Trop instruit de ses droits, trop plein de sa naissance,
Il ne sçauroit souffrir la moindre dépendance :
Mais surtout j'ai connu que son cœur est épris
D'une invincible horreur contre les favoris.
Il voit notre pouvoir dans la Cour de son Pere ;
Seigneur, comme un larcin que nous osons lui faire ;

Et ſi de l'Empereur il ſouhaite la mort,
C'eſt plus pour nous punir que pour changer de ſort.
Voilà quel eſt le Prince, & je puis dire encore
Qu'il eſt cher à la Cour, que le Peuple l'adore.
Dès l'enfance affectant une fauſſe pitié,
Il s'eſt de tout l'Empire attiré l'amitié.
Vous voyez qu'il ſoutient les rebelles Bulgares.
Chaque jour l'envoyé de ces peuples Barbares,
L'entretient, le conſulte, & près de l'Empereur,
Andronic l'a flatté de toute ſa faveur.
Ah! rendons pour la paix leur projet inutile.
Que ſerions-nous tous deux dans un Etat tranquille?
L'Empereur libre alors de craintes & de ſoins,
Etant plus abſolu, nous écouteroit moins.
En vain de ſa tendreſſe il nous donne des marques.
Il eſt, n'en doutez point, comme tous les Monarques,
Qui d'une égale ardeur chériſſent nos pareils;
Et des plus grands bienfaits achetent leurs conſeils.
Tandis que le déſordre, ou le deſtin contraire
Rendent à leur grandeur ce ſecours néceſſaire:
Mais après le danger, à l'abri du malheur,
Leur ardente amitié perd toute ſa chaleur.
Nous devenons ſuſpects en ceſſant d'être utiles.
Nos ſervices paſſés ſont de foibles aziles:

On ne veut plus nous voir avec les mêmes yeux;
Ce qu'on louoit jadis est un crime odieux ;
Et l'exil, la prison, que dis-je? une mort prompte
Chez la postérité fait passer notre honte ;
D'autant plus malheureux qu'accablés de douleurs,
Tout le monde irrité nous refuse des pleurs.
Qu'au milieu des fureurs que sur nous on déploye,
Nos maux font le sujet de la publique joye.
Que le peuple triomphe, & loin de s'attendrir
Se plaint qu'on nous fait grace en nous faisant mourir.

LEON.

Oui, Seigneur, prévenons le retour ordinaire;
Qui du sort indigné, nous montre la colere.
Occupons l'Empereur, ne le laissons jamais
Goûter le plein bonheur d'une profonde paix.
Ainsi maîtres de tout nous n'aurons plus de maître.
Et le fier Andronic... mais je le voi paroître,
L'Envoyé l'accompagne, & Martian aussi.

SCENE III.

ANDRONIC, MARCENE, LEON, LEONCE, MARTIAN.

ANDRONIC *à Léonce.*

JE vais leur en parler, ils ſont tous deux ici.
Léonce, vous verrez avec combien de zele,
Des peuples opprimés je défends la querelle.
Vous dont les ſeuls avis & la pleine faveur,
Au gré de vos deſirs font agir l'Empereur.
Portez-le à la clémence, & faites qu'il ſe rende.
Qu'il accorde la Paix que Léonce demande ;
Et ceſſe d'accabler du ſort le plus cruel,
Un Peuple malheureux & non pas criminel.
Preſſez, n'épargnez rien ; ſecondez mon envie.
Qu'on me laiſſe partir, que j'aille en Bulgarie ;
Des Peuples ébranlés j'aſſurerai la foi ;
J'en réponds, ſi l'on veut s'en repoſer ſur moi.
Songez que vos conſeils ont cauſé ma miſere ;
Que ſi j'obtiens par vous cet aveu de mon Pere.
En faveur de vos ſoins, je puis tout oublier.
Que je m'abaiſſe enfin, juſqu'à vous en prier.

MARCENE.

Ah ! Seigneur . . .

ANDRONIC.

C'eſt aſſez. Il me reſte à vous dire
Que je dois être un jour le maître de l'Empire.
Laiſſez-moi.

SCENE IV.

ANDRONIC, LEONCE, MARTIAN.

LEONCE.

SUR l'eſpoir d'obtenir votre appui ;
Seigneur, nous nous flattons....

ANDRONIC.

Hé ! que puis-je aujourd'hui ?
Hélas ! plus malheureux encor que vous ne l'êtes,
Rien ne peut reparer les pertes que j'ai faites ;
Et vous pouvez un jour par une douce paix
Perdre le ſouvenir des maux qu'on vous a faits.
L'Empereur doit ici vous voir & vous entendre.
Il l'a promis, il vient : je vais tout entreprendre,

Trop heureux si mes soins donnent à vos Etats
Le repos souhaité dont je ne jouis pas.

SCENE V.

L'EMPEREUR, ANDRONIC, LEONCE, MARTIAN, GARDES.

ANDRONIC.

SEIGNEUR, Léonce, encor vous demande audiance ;
Et vous avez daigné m'assurer....

L'EMPEREUR.

Qu'il s'avance.

LEONCE.

Permettez-vous, Seigneur, qu'embrassant vos genoux,
J'ose vous supplier d'écouter....

L'EMPEREUR.

Levez-vous,

LEONCE.

Fais si bien, juste Ciel ! que ma plainte le touch
Tout un peuple, Seigneur, vous parle par m
bouche.
Un peuple qui, toujours à vos ordres soumis
Fut le plus fort rempart contre vos ennemis;
Et de qui la valeur justement renommée
Se fit craindre cent fois à l'Europe allarmée.
Quand votre illustre Pere achevant ses Exploi
Se vit & la terreur, & l'arbitre des Rois.
Vous le sçavez, Seigneur, ce peuple magnanim
Fut toujours honoré de sa plus tendre estime;
Et ce digne Héros pour ses fameux combats,
Choisissoit parmi nous ses Chefs & ses Soldat
Cet heureux temps n'est plus, ces Guerriers in
trépides
Sont en proye aux fureurs des Gouverneurs avi
des.
Sous des fers odieux leur cœur est abbattu,
La rigueur de leur sort accable leur vertu.
Tout se plaint, tout gémit dans nos tristes Pro
vinces,
Les Chefs & les Soldats, & le Peuple, & les Prin-
ces :
Chaque jour sans scrupule on viole nos droits,
Et l'on compte pour rien la Justice & les Loix.
En vain nos ennemis à nos Peuples soutiennent,
Que c'est de votre part que leurs ordres nous
viennent,

[illegible], vous n'approuvez point leurs sanglans attentats ;
[illegible]dirai plus, Seigneur, vous ne les sçavez pas.
[illegible]! si pour un moment vous pouviez voir vous-même,
[illegible]ur quels coups on se sert de votre nom suprême,
[illegible]ue ce saint nom ne sert qu'à nous tyranniser ;
[illegible]'à mieux lier le joug qu'on nous veut imposer,
[illegible]ors de vos Sujets moins Empereur que Pere,
[illegible]us ne songeriez plus qu'à finir leur misere,
[illegible]qu'à punir bien-tôt avec sévérité
[illegible]s indignes abus de votre autorité.
[illegible]fin, si l'on a vû nos peuples en furie
[illegible]rmer pour maintenir les droits de la Patrie.
[illegible]igneur, nos Gouverneurs sont les plus criminels ;
[illegible] nous ont trop appris à devenir cruels.
[illegible]our vous, nous conservons la foi la plus constante ;
[illegible]aut-il vous en donner quelque preuve éclatante ?
[illegible]aut-il pour soutenir l'honneur de votre rang,
[illegible]odiguer tous nos biens, verser tout notre sang ?
[illegible]aut-il nous exposant aux horreurs de la guerre,
[illegible]uivre vos étendards jusqu'au bout de la terre ?
[illegible]ous nous verrez contens au milieu des déserts,
[illegible]raver pour vous servir tous les périls offerts,
[illegible]t mériter de vous en cherchant à vous plaire ;
[illegible]es bontés dont jadis nous combla votre Pere.

Mais s'il faut chaque jour par de nouveaux t-
rans,
Voir piller nos maiſons, maſſacrer nos paren
Et les tréſors tirés du ſein de nos Provinces,
Rendre ces inhumains plus puiſſans que
Princes.
Je l'avouerai, Seigneur, nos Peuples irrités
S'emporteront toujours contre leurs cruautés.
C'eſt à vous de juger en Prince légitime,
S'il faut ou nous abſoudre, ou punir notre crim
Si vous nous condamnez: pleins de reſpect po
vous;
Seigneur, ſans murmurer nous ſouffrirons v
coups.
Mais du moins rejettez les avis ſanguinaires
Des perfides auteurs de toutes nos miſeres.
Prononcez par vous-même, & ne conſultez p
Des cœurs intéreſſés à troubler vos Etats.

L'EMPEREUR.

Ainſi vous eſpérez avec cet artifice
Dérober votre tête au plus juſte ſupplice.
Que dis-je? Vous voulez me preſcrire des loi
Que pour régner enfin, j'emprunte votre voix
C'eſt à vous d'obéir, ſans vouloir vous défend
Aux ordres qu'en mon nom on vous a fait e
tendre:
Et ſi je n'écoutois que mes reſſentimens,
Je ne vous répondrois que par des châtimen

Mais je veux bien encor suspendre ma colere.
Je verrai s'il faut être indulgent ou sévere.
Allez ; je suis instruit de vos prétentions,
Et vous sçaurez bientôt mes résolutions.

SCENE VI.

L'EMPEREUR, ANDRONIC, MARTIAN, GARDES.

L'EMPEREUR.

EH bien, parlerez-vous encor pour ces Rébelles,
Princes.

ANDRONIC.

Vous n'avez point de sujets plus fidéles ;
Et malgré vos bontés pour leurs persécuteurs ;
Seigneur, vous frémirez d'apprendre leurs malheurs.
L'Empereur, mon ayeul, dont les vives lumieres
Egaloient le grand cœur, & les vertus guerrieres,
Admira leur valeur, s'applaudit de leur foi.

L'EMPEREUR.

Son exemple aujourd'hui ne conclut rien pour moi.

ANDRONIC.

Hé bien, puiſque votre ame encor trop irritée
Refuſe à leurs ſoupirs la grace méritée.
Confiez-moi leur ſort. Il faut que mes travaux
Des Bulgares trahis, aſſurent le repos.
Il faut que j'aille...

L'EMPEREUR.

Vous?

ANDRONIC.

Permettez que je parte
De ces lieux pour un temps, ſouffrez que je m'é carte.
Tout m'en preſſe, Seigneur, un Peuple que je plains,
Et qui brûle de voir ſon deſtin en mes mains;
Le deſir de calmer les troubles de l'Empire,
Et bien d'autres raiſons que je ne puis vous dire.

L'EMPEREUR.

Vous ſortir de Biſance, & quitter cette Cour?

ANDRONIC.

Oui, j'exige de vous cette marque d'amour.
Me refuſerez-vous une premiere grace?
Seigneur, ſi le ſuccès répond à mon audace,

Vous

Vous connoîtrez bientôt par cet illustre emploi
Ce que l'Empire un jour doit attendre de moi.

L'EMPEREUR.

Je ne sçai que juger d'un discours qui m'étonne.
A quel bizarre soin votre esprit s'abandonne ?
Pourquoi quitter des lieux où tout vous est soumis,
Pour courir vous jetter parmi nos ennemis ?
Vous êtes dans Bisance où ma Cour vous adore.
Quel étrange projet ? Je le repete encore,
Pour des Peuples ingrats, faut-il vous empresser ?
Prince, consultez-vous. Je vous laisse y penser.

SCENE VII.

ANDRONIC, MARTIAN.

ANDRONIC.

LE dessein en est pris, rien ne m'en peut distraire.
Hâtons, cher Martian, un départ nécessaire.
Abandonnons des lieux où je ne puis rien voir
Qui ne me soit l'objet d'un mortel désespoir.

MARTIAN.

Hé quoi ; vous flattez - vous que loin de cette
Ville,
Que ſous un autre Ciel vous ſerez plus tranquille ?
Non, Seigneur, vos chagrins ne vous quitteront
pas.
Changerez-vous de cœur en changeant de cli-
mats?
Et croyez-vous ſentir en ſortant de Biſance,
Des tranſports moins preſſans & plus d'indiffé-
rence ?

ANDRONIC.

Non, non, d'aucun repos, je n'oſe me flatter ;
C'en eſt fait, mes tourmens ne me ſçauroient
quitter :
Loin de guérir des traits dont mon ame eſt
bleſſée,
Je n'en puis ſeulement concevoir la penſée.
Irene eſt trop charmante, & je ſens mon amour,
Sans eſpoir, ſans deſirs, s'accroître chaque jour.
Je la vis, je l'aimai dès ſa plus tendre enfance;
Cet amour s'eſt nourri de cinq ans d'eſpérance ;
Ses yeux ſont plus puiſſans qu'ils ne l'étoient
alors,
Et je ferois contr'eux d'inutiles efforts.
Mais ce feu malheureux que je ne puis éteindre,
Peut-être plus long-temps ne pourroit ſe con-
traindre.

Je ne puis voir mon Pere avec tranquilité,
Possesseur d'un trésor que j'avois mérité.
Il m'a fait trop de maux en m'enlevant Irene.
Il éleve en mon cœur des sentimens de haine,
Que toute ma vertu ne sçauroit étouffer ;
Il n'est qu'en m'éloignant que j'en puis triompher.
Je sçais tous les égards que je dois à mon Pere,
Et le Ciel m'est témoin combien je le révere.
Je voudrois faire plus : mais il m'a tout ôté.
Mon choix... n'en parlons plus, je suis trop agité.
Je ne me connois plus, & je me crains moi-même.
Je suis jeune, jaloux, j'ai perdu ce que j'aime.
Fuyons ; n'exposons point ma tremblante vertu,
Au remords éternel d'avoir mal combattu.

MARTIAN.

Que je vous plains, Seigneur : que votre destinée,
Par ce funeste amour devient infortunée !
Sans lui toujours content, révéré, glorieux,
En naissant assuré du rang de vos ayeux.
Votre cœur eût gouté dans une paix profonde
L'heureux sort que le Ciel donne aux maîtres du monde.

ANDRONIC.

Que dis-tu ? Je suis né pour être malheureux ;
L'Amour ne fait point seul mon destin rigoureux.

Hé quoi ! pour pénétrer l'excès de ma misere ?
Ne te suffit-il pas de connoître mon Pere ?
L'Empereur soupçonneux, esclave de son rang,
Ne m'a jamais fait voir les tendresses du sang.
Les plus saints mouvemens que la nature imprime,
Dans son austére cœur passeroient pour un crime;
Et pour être né Prince, il ne m'est pas permis
D'éprouver tout l'amour d'un Pere pour son fils.

MARTIAN.

Quoi ! Seigneur....

ANDRONIC.

Dans ces lieux mon courage murmure,
Et mon cœur n'est point fait pour une vie obscure.
Dès l'enfance charmé des Héros de mon sang,
Je trouve leurs vertus au-dessus de leur rang;
Surtout de mon ayeul & l'exemple & la gloire,
M'enflamme à tous momens & remplit ma mémoire :
Sur ce fameux Guerrier mon esprit attaché,
Par aucun autre objet n'en peut être arraché.
Je regarde son sort avec un œil d'envie,
A ses jours éclatans je compare ma vie.
Rien ne s'offre à mes yeux dans le cours de ses ans,
Que de nobles travaux, de succès triomphans;

Que des murs embrâſés, que des Villes ſurpriſes,
Des Peuples aſſervis, des Provinces conquiſes,
Des Rebelles punis, des Rois humiliés,
Le repos maintenu chez tous ſes Alliés;
Où ſi jamais le ſort démentant ſon courage,
A ſes proſpérités a mêlé quelque outrage:
Il me paroît plus grand dans ſon adverſité,
Je le vois triompher du deſtin irrité;
Et tirant de ſa chûte une nouvelle gloire,
A force de vertu rappeller la Victoire.
Moi toujours renfermé dans ces murs malheureux,
Occupé juſqu'ici par de frivoles jeux,
Je ne ſçais ni l'emploi ni l'ordre d'une armée,
Que par des traits confus, ou par la renommée.
Ah! ce ſeul ſouvenir plus que tous mes malheurs,
M'irrite, me dévore, & m'arrache des pleurs.
Allons: obéiſſons au tranſport qui me guide,
Et prenons vers la gloire un eſſor ſi rapide,
Que dans leur nombre un jour mes exploits confondus,
Suffiſent à remplir les jours que j'ai perdus.
Cependant cherche Eudoxe, elle connoît ma peine,
Et m'a cent fois preſſé de fuir les yeux d'Irene;
Du deſſein que j'ai pris, il l'a faut avertir.
Va la trouver, dis-lui qu'avant que de partir,
Je demande ſurtout à voir l'Imperatrice,
Et qu'elle doit encor me rendre cet office.

Que j'ofe m'en flatter. Adieu ; cours, hâte-toi ;
J'attendrai ton retour pour difpofer de moi.

Fin du premier Acte.

ACTE II.

SCENE PREMIERE.

IRENE, EUDOXE.

IRENE.

JE ne le verrai point ; non, j'y ſuis réſoluë.
M'oſez-vous conſeiller cette fatale vûe ?
Eudoxe, ignorez-vous ſon deſtin & le mien ?

EUDOXE.

Pourquoi lui refuſer un moment d'entretien ?
Voulez-vous qu'irrité de votre réſiſtance,
Il ne ſe preſſe plus de ſortir de Biſance ?
Croyez-moi, gardez-vous d'aigrir ſon déſeſpoir ;
Et puiſque pour jamais il renonce à vous voir,
Madame, accordez-lui la faveur qu'il demande.

IRENE.

Quels ſoupirs ? Quels regrets voulez-vous que j'entende ?

Vous qui me dérobant à nos heureux climats,
Dans ces funestes lieux conduisîtes mes pas.
Vous de qui les conseils, le zele & la prudence
Devroient à tous momens rassurer ma constance,
Qui peut-être succombe à mes mortels ennuis.
Voulez-vous m'exposer au péril que je fuis?

EUDOXE.

Madame, le péril est-il moins redoutable
A ne pas écouter ce Prince déplorable?
Résolu de vous faire entendre ses adieux:
Il vous suivra peut-être à toute heure, en tout lieux;
Et voudra pour le moins devoir à la fortune,
Le plaisir de vous faire une plainte importune.
Que dis-je? Croyez-vous que plein de son amour,
Il puisse se résoudre à partir de la Cour?
On se propose en vain de quitter ce qu'on aime.
Enfin dans ce dessein confirmez-le vous-même,
Montrez-lui le danger que vous courez tous deux;
Qu'on verroit tôt ou tard quelque éclat de ses feux.
Que l'Empereur suivant son penchant ordinaire,
Oubliroit les saints noms, & d'époux, & de pere;
Et vous perdroit tous deux sur un simple regard,
Où peut-être l'amour auroit eu peu de part.

Redoublez

Redoublez d'Andronic la fierté naturelle ;
Montrez-lui les chemins où la gloire l'appelle ;
Sur-tout commandez-lui de ne vous voir jamais ;
Qu'il ne s'approche plus des murs de ce Palais ;
Qu'il penſe à tous momens que ſon ſort & le vôtre,
Vous doit juſqu'au tombeau ſéparer l'un de l'autre.
O Ciel ! que feriez-vous ſi trompant votre eſpoir,
Andronic en ces lieux revenu pour vous voir,
Renouvelloit un jour par ſa triſte préſence,
Le ſouvenir qu'auroit affoibli ſon abſence ?
Que de nouveaux combats ! que de ſecrets ſoupirs !
Hélas ! épargnez-vous ces mortels déplaiſirs ?
Si le Prince une fois vous a promis, Madame,
De ne plus traverſer le repos de votre ame ;
D'aller loin de vos yeux ſans eſpoir de retour,
Etouffer ou nourrir un malheureux amour.
Quelque brûlant deſir, quelque ardeur qui le preſſe :
Madame, j'en réponds ; il tiendra ſa promeſſe.
Voyez-le, & ſans frémir de ſon deſtin cruel,
Prononcez-lui l'arrêt d'un exil éternel.

IRENE.

Lui pourrai-je impoſer une loi ſi funeſte ?
Ah ! laiſſez-le-moi fuir ſans me charger du reſte.

J'ai causé ses malheurs, en causant son amour;
Le presserai-je encor de sortir de la Cour,
Et d'aller essuyer chez un peuple barbare,
Du destin ennemi le caprice bizarre?
Que dis-je? Pensez-vous que dans mon triste cœur,
Ma vertu devant lui résiste à ma douleur?
Au bruit de ses soupirs.... à l'aspect de ses larmes....
Non, ce seul souvenir me donne trop d'allarmes;
Je ne puis m'exposer à ce triste entretien;
C'est trop de mon tourment sans y joindre le sien:
C'est trop pour triompher de toute ma constance.
Hélas! d'avoir quitté les lieux de ma naissance,
Ces lieux, où tout sembloit prévenir mes desirs,
Où mon cœur n'a jamais connu que les plaisirs:
O bienheureux séjour! Aimable Trébisonde!
O murs! où je vivois dans une paix profonde!
Que n'ai-je en vous perdant, de mes funestes jours,
Par une prompte mort vû terminer le cours?
Je m'éloignai de vous en ces lieux entraînée
Par le trompeur espoir d'un heureux hymenée,
Je croyois qu'Andronic à mon destin lié,
Pour jamais avec moi seroit associé.
Nos Peres l'ordonnoient, Trébisonde & Bisance
Sur cet illustre Hymen fondoient leur espérance.

Je venois avec joie en célebrer les nœuds :
Le Prince étoit aimable, il etoit amoureux.
Vains projets ! vains tranſports ! eſperance inutile !
J'arrive enfin, à peine entrai-je en cette Ville,
Que je me vois livrée à des maux infinis :
Il me faut épouſer le pere au lieu du fils.
Nos deſtins ſont changés. Un ordre de mon pere
Détruit dans un inſtant le bonheur que j'eſpere,
En victime d'état, contrainte d'obeir,
Pour conſerver ma gloire, il fallut me trahir.

EUDOXE.

Hé ! pourquoi rappellant vos diſgraces paſſées,
Occuper votre eſprit de ces triſtes penſées ?
Madame, faites-vous un généreux effort,
Avec moins de douleur rempliſſez votre ſort ?
Et cachez avec ſoin aux yeux de tout l'Empire
Les déplaiſirs ſecrets....

IRENE.

Ah ! que m'oſez-vous dire ?
Qui jamais a caché ſes chagrins mieux que moi,
Et mieux ſubi du ſort l'injurieuſe loi ?
Cependant qui jamais eût le ſort plus contraire ?
Obſervée avec ſoin par une Cour auſtére ;
Où les yeux les plus chers me ſemblent ennemis,
Où je n'ai rien des biens que je m'étois promis,

Où sans cesse livrée à ma douleur extrême ;
Mon cœur tyrannisé combat contre lui-même.
Que vous dirai-je enfin ? Où ce cœur malheureux
Est souvent malgré moi moins fort que je ne veux.

EUDOXE.

Redoublez vos efforts, le temps, votre constance,
De vos profonds ennuis vaincront la violence ;
Et le Prince bientôt éloigné de vos yeux,
Vous pourrez....

SCENE II.

IRENE, EUDOXE, NARCE'E.

NARCE'E.

ANDRONIC s'avance vers ces lieux ;
Il vous cherche, Madame.

IRENE.

Ah ! je n'ose l'attendre :
Eudoxe, vous pouvez lui parler & l'entendre.
Voyez-le, dites-lui qu'en l'état où je suis :
Le fuir & le bannir est tout ce que je puis,

SCENE III.

IRENE, ANDRONIC, EUDOXE, NARCE'E.

ANDRONIC.

VOus me fuyez, Madame? Ah! Ciel! quelle injuſtice?
Quoi! de tous mes malheurs vous rendez-vous complice?
Hélas! pour accabler un cœur infortuné,
Secondez-vous le ſort à me nuire obſtiné?

IRENE.

Que demandez-vous, Prince? Et que pourrez-vous dire?
Mépriſez-vous les loix que je vous fais preſcrire?
Quel eſt votre deſſein de venir en ces lieux,
Me faire malgré moi recevoir vos adieux?
Puiſque vous êtes prêt à ſortir de Biſance;
N'en pouviez-vous partir avec votre innocence?
Avez-vous oublié qu'un ſerment ſolemnel,
Nous impoſe à tous deux un ſilence éternel?
Qu'il n'eſt plus entre-nous d'entretien légitime,
Qu'un ſeul mot, qu'un regard, qu'un ſoupir eſt un crime,

Que ſans ceſſe attentive à remplir mon devoir,
Je mets tout mon bonheur à ne vous plus revoir.
Et quels que ſoient les maux que vous avez à craindre,
Qu'il ne m'eſt pas permis ſeulement de vous plaindre?

ANDRONIC.

Qu'entends-je? Juſte Ciel! de quoi m'accuſez-vous?
Madame, qu'ai-je fait digne de ce courroux?
Viens-je vous demander que d'un œil pitoyable
Vous donniez quelques pleurs au malheur qui m'accable?
Viens-je vous demander que vous me permettiez,
Puiſqu'il me faut mourir, d'expirer à vos pieds?
Ah! de votre repos plus jaloux que vous-même:
J'ai ſoin de m'exiler, parce que je vous aime.
Pardonnez-moi ce mot pour la derniere fois;
Et ſongez que je pars ſans attendre vos loix;
Qu'en vain à me bannir vous étiez réſoluë,
Puiſque déjà mon cœur vous avoit prévenuë.
Depuis le jour fatal qu'arrachée à ma foi:
Madame, vous viviez pour un autre que moi;
Quoique toujours brûlé juſques au fond de l'ame,
Vous ſçavez ſi mes yeux ont parlé de ma flâme;
Si le moindre tranſport, un indiſcret ſoupir,
Vous ont fait ſoupçonner quelque injuſte deſir?

Tout a gardé, Madame, un rigoureux ſilence :
Mais un cœur n'eſt point fait pour tant de violence.
Je ſçais tous les combats qu'il me faudroit livrer,
Si ſous un même Ciel nous oſions reſpirer.
Je ſçais enfin, je ſçais tout ce que pourroient dire
Vos ennemis, les miens, peut-être tout l'Empire :
Ils ont ſçu mon amour, & doivent préſumer,
Que qui vous aime un jour, doit toujours vous aimer ;
Peut-être oſeroient-ils ſoupçonner l'un & l'autre :
Sauvons de leur ſoupçons & ma gloire & la vôtre.
Je cherche à m'éloigner, vous preſſez l'Empereur
D'accorder à mes vœux cette unique faveur.
Heureux ſi par vos ſoins mon attente eſt remplie :
J'irai des révoltés appaiſer la furie ;
Ils me veulent pour Chef, & je ne doute pas
Que je ne ſois bien-tôt maître dans leurs Etats.
Qu'au gré de mes deſirs leur valeur toujours prête :
Ils n'entreprennent tout, ſi je marche à leur tête.
Je viens donc vous offrir leurs armes, mon pouvoir.
Le Ciel qui me condamne à ne jamais vous voir,

Qui me fait étouffer une flamme si belle;
Ne sçauroit pour le moins s'offenser de mon
zele,
S'il défend à mon cœur des sentimens trop doux
Il permet à mon bras de combattre pour vous,
Et si jamais ce bras vous étoit nécessaire,
Ou pour aller servir l'Empereur votre pere,
Ou pour faire périr, ou chasser de ces lieux
Ceux de qui la présence y peut blesser vos yeux:
Appellez-moi, Madame, & je pourrai tout faire.
Je ne veux que la gloire ou la mort pour salaire
A vous donner mon sang, je borne mon bon-
heur,
Puisqu'il m'est défendu de vous donner mon
cœur.

IRENE.

En vain vous me flattez de ces fameux services:
Mes vœux n'aspirent point à ces grands sacrifi-
ces.
Quand vous aurez quitté ce funeste séjour,
Qu'aurois-je à craindre encor, Prince, dans
cette Cour?
Hélas! j'y verrai tout avec indifférence,
M'exercer aux vertus dignes de ma naissance.
Accoutumer mon cœur trop souvent mutiné,
A chérir un époux que le Ciel m'a donné.
Obéir à ses loix, ne songer qu'à lui plaire;
Me sacrifier toute à mon devoir sévere;

Soulager les Sujets qui vivent ſous ma loi :
Voilà juſqu'à la mort quel ſera mon emploi.
J'avouerai cependant, & je le puis ſans crime ;
Que vous aurez toujours ma plus parfaite eſtime.
Que pour vous applaudir, pour louer vos exploits,
Je joindrai mon ſuffrage à la commune voix.
Que pour tous mes plaiſirs le ſeul que j'imagine ;
C'eſt de voir les hauts faits où le Ciel vous deſtine ;
Et de votre grand nom cent Monarques jaloux ;
Juſtifier le choix que j'avois fais de vous.
Après cela partez. A votre exil fidelle,
Ne revenez jamais que je ne vous rappelle.
Faites-vous un bonheur ſous de nouveaux climats,
Qu'au lieux où je ſerois vous ne trouveriez pas ?

ANDRONIC.

Eſt-il temps ? Ce bonheur dont vous flattez mon ame.
Hélas ! en vous perdant je l'ai perdu, Madame !
Et je n'en connois plus où je puiſſe aſpirer :
Cette perte eſt un coup qu'on ne peut reparer.
Si quelque ſoin encore occupe mon courage,
C'eſt de faire rougir le deſtin qui m'outrage :
D'apprendre à l'Univers par quelque illuſtre effort ;
Qu'un cœur comme le mien mérite un autre ſort,

Et payant de mon ſang ma premiere victoire,
D'élever de mes maux un trophée à ma gloire.
Vous, cependant, Madame, oubliez mes malheurs,
Et tandis que nourri de ſoupirs & de pleurs,
Mes déplorables jours vont courir à leur terme.
Régnez, &....

IRENE.

Croyez-vous ma conſtance ſi ferme ?
Ce reproche cruel plus que tous vos regrets,
Etonne mon courage, & confond mes projets.
Ah! Prince, penſez-vous qu'inſenſible, inhumaine,
Mes yeux ſans s'émouvoir regardent votre peine ?
Que pendant les horreurs d'un exil rigoureux,
Vous ſoyez ſeul à plaindre & le ſeul mal-heureux.
Mais que dis-je ? Où m'entraîne une force inconnuë ?
Ah! pourquoi venez-vous chercher encor ma vuë ?
Partez, Prince, c'eſt trop prolonger vos adieux.

EUDOXE.

Ah! Madame, je vois l'Empereur en ces lieux.

SCENE IV.

L'EMPEREUR, ANDRONIC, IRENE, EUDOXE, LEON, MARCENE.

L'EMPEREUR.

MADAME, quel étoit ſon diſcours & le vôtre?
Son abord imprévu vous trouble l'un & l'autre.
Je le vois, tous vos ſoins ne le peuvent cacher.

IRENE.

Andronic, juſqu'ici m'étoit venu chercher.
Seigneur, il a jugé mon ſecours néceſſaire,
Pour obtenir de vous un aveu qu'il eſpere :
Il vient de me preſſer de vous parler pour lui ;
Chaque moment qu'il perd augmente ſon ennui.
Laiſſez un libre cours à ſon ardeur guerriere,
Et ſouffrez qu'à ſes vœux j'ajoute ma priere.
Je fais ce que je puis, Prince, vous l'entendez;
Puiſſiez-vous obtenir ce que vous demandez?

SCENE V.

L'EMPEREUR, ANDRONIC, LEON, MARCENE.

L'EMPEREUR.

QUOI! Prince, vous cédez à votre impatience?
Vous êtes résolu d'abandonner Bisance?
Vous me faites encor presser d'y consentir?

ANDRONIC.

Oui, Seigneur, & déjà je brûle de partir.
Je ne puis resister à l'ardeur qui m'entraîne.

L'EMPEREUR.

Je n'entends qu'à regret un discours qui me gêne
Et j'aurois souhaité que ce fatal dessein,
Prince, ne fut jamais entré dans votre sein.
Je vous ai dit tantôt moins en maître qu'en pere
Que je n'approuvois point ce départ téméraire.
C'en étoit trop; je crois, pour vous persuader,
Que vous m'offenseriez à le redemander,

Mais puiſque, malgré moi, puiſque ſans complaiſance,
Vous me parlez encor d'un projet qui m'offenſe,
Ne vous étonnez pas de mon juſte refus.

ANDRONIC.

Ah! Seigneur, voulez-vous....

L'EMPEREUR.

Ne me repliquez plus!
Songez à m'obéir d'une ame plus ſoumiſe?
Dans un profond oubli laiſſons cette entrepriſe,
Et ne fomentez point des ſoupçons dangereux,
Dont nous pourrions un jour nous repentir tous deux.

ANDRONIC.

Hé bien, Seigneur, je ſors: mais, c'eſt trop me contraindre;
Dans l'état où je ſuis, je ne ſçaurois plus feindre,
Et d'un ſi dur refus les perfides auteurs,
Me pourroient bien un jour payer tous mes malheurs.

SCENE VI.

L'EMPEREUR, LEON, MARCEN[E].

L'EMPEREUR.

QUELLE témérité ? Quel discours ? Qu[el]
audace ?
A mes yeux !

LEON.

Vous voyez, Seigneur, qu'il nous mena[ce]
Ses chagrins qu'il ne peut élever jusqu'à vous
Avec plus de fureur retomberont sur nous.
Que dis-je ? Croyez-vous que ce Prince s'arr[ête]
A faire sur nous seul éclater la tempête ?
Que je prévois de maux pour nos fils malhe[u]reux !
Qu'Andronic leur prépare un destin rigoureu[x]

MARCENE.

Je ne m'allarme point de tout ce qu'il peut fai[re]
Je prends peu garde au fils, s'il faut servir le pe[re]
Andronic me dût-il accabler le premier.
Seigneur, de ses desseins il faut vous défier:
Son ame d'un refus eût été moins surprise,
S'il n'eut point médité quelque grande entrepri[se]

Iroit-il donc chercher des peuples révoltés,
S'il ne vouloit servir leurs infidélités?
Qui pourroit l'arracher du sein de sa patrie,
S'il ne vouloit contre-elle exercer sa furie?
Et peut-être va-t-il par Léonce engagé,
Désobéir encore, & partir sans congé?

L'EMPEREUR.

Lui partir sans congé?

MARCENE.

Seigneur, je l'appréhende;
C'est le seul Andronic que Léonce demande;
Et pour mieux attirer ce Prince ambitieux,
Il le flatte d'un rang qu'il n'a point en ces lieux.
Les Bulgares armés contre votre puissance,
Seront bientôt remis sous votre obéissance:
Mais qu'il vous causeront & de peine & d'ennui,
S'ils marchent contre vous sous un Chef tel que lui.
S'ils peuvent désormais braver votre colere,
En opposant le fils aux menaces du pere,
Et publier partout que leurs soins, leur valeur,
Conspirent au salut de votre successeur.

LEON.

Hélas! en quels excès pourra-t-il se répandre,
S'il se trouve en état d'oser tout entreprendre;

Mécontant & suivi de ces mêmes Guerriers,
Que tant d'heureux succès rendent déjà si fiers ?
Après avoir chez eux assuré sa puissance,
Peut-être viendra-t-il l'établir dans Bisance.
Un jeune cœur heureux dans ses premiers forfaits,
S'abandonne sans crainte à de plus noirs projets;
Et ne consultant plus qu'un flatteur qui le louë,
Va jusqu'à présumer que le Ciel les avouë.
Il croit exécuter tout ce qu'il entreprend;
Il n'est plus de dessein qui lui semble trop grand,
Rempli de confiance, il court, triomphe, immole;
Pour lui le sort se fixe, & la victoire vole.
Il gagne des Soldats & l'estime, & le cœur;
Les peuples à son nom sont glacés de terreur.
Ainsi gardant sur tous un Empire suprême,
Tout l'honore ou le fuit, tout le redoute ou l'aime.
Tant qu'enfin sa valeur l'élevant jusqu'aux Cieux,
Il voit ses attentats devenir glorieux.

L'EMPEREUR.

Ah! que vous m'étonnez! Mais prévenons sa fuite.
Sans cesse de plus près éclairons sa conduite.
Veillez sur tous ses pas & redoublez vos soins:
Placez autour de lui de fidéles témoins.

Enfin,

Enfin, dans ce départ tâchons de le ſurprendre,
Si contre ma défenſe il l'oſoit entreprendre.
Allez.

SCENE VII.

L'EMPEREUR *ſeul.*

CE n'eſt pas tout. Dans ce fatal moment
Je ſens mon cœur troublé d'un autre mouvement.
Ah ! qu'Andronic encore & m'allarme & me gêne !
Pourquoi dans ſes deſſeins fait-il entrer Irene ?
Quel intérêt prend-elle au deſſein de mon fils ?
Que dis-je ? Ils ſe parloient quand je les ai ſurpris.
J'ai remarqué leur trouble en me voyant paroître.
O Ciel ! Quelle terreur ! Je me trompe peut-être.
Chaſſons cette penſée : épargnons à nos yeux
Tout ce qu'à de cruel cet objet odieux :
Mais plutôt, pénétrons cette étrange avanture.
L'amour dans tous les cœurs étouffe la nature.
Ne nous aſſurons point ſur les devoirs d'un fils,
Quand l'amour eſt extrême, il ſe croit tout permis.

Andronic, je le ſçais, aima l'Impératrice,
Et bien qu'à ſes deſirs mon hymen le raviſſe.
Ce feu dont il brûloit peut n'être pas éteint;
Et peut-être qu'Irene & l'écoute, & le plaint.
Ah! ſi je le croyois... un châtiment ſévere...
Allons: dévelopons ce funeſte miſtere;
Ils ſe cachent en vain; & pour tout deviner,
C'eſt aſſez que mon cœur commence à ſoupçonner.
Ne différons donc plus, & ſi je vois le crime;
Puniſſons ſans ſonger ſi j'aime la victime.

Fin du ſecond Acte.

ACTE III.

SCENE PREMIERE.

ANDRONIC, MARTIAN.

MARTIAN.

SEIGNEUR, que faites-vous ?

ANDRONIC.

A ! ne m'en parle plus.
Martian, tes discours sont ici superflus.
Je suis trop irrité pour cesser de me plaindre.

MARTIAN.

Mais quoi ? ne sçauriez-vous un moment vous contraindre ?
Modérez vos transports ; est-ce dans ce Palais
Qu'il faut faire si haut éclater vos regrets ?
Peut-être on vous observe.

ANDRONIC.

As-tu trouvé Léonce ?
Est-il prêt ? Qu'a-t-il dit ? Et quelle est sa réponse ?

MARTIAN.

Il se fait de vos loix un souverain devoir.
Mais il vient.

SCENE II.

ANDRONIC, LEONCE, MARTIAN.

ANDRONIC.

C'EST en vous que je mets mon espoir.
A des maux éternels la fortune me livre.
Ami, je suis perdu, si je ne puis vous suivre :
L'Empereur avec vous me défend de partir.
Mais l'ardeur que je sens ne se peut rallentir,
Si je puis par vos soins assurer ma retraite,
Mes souhaits sont remplis, mon ame est satisfaite.
Parlez. Sortirons-nous de ces lieux ennemis ?
Ce favorable espoir peut-il m'être permis ?

LEONCE.

Oui, Seigneur, tout eſt prêt, vous n'avez qu'à me ſuivre.
Allons; que pour jamais la fuite vous délivre,
Des chagrins, des périls qui menacent vos jours,
De nos peuples armés acceptez le ſecours.
Ils ne veulent que vous : A l'envi l'un de l'autre
Ils donneront leur ſang pour défendre le vôtre.
Briſez un joug fatal, & que vos premiers coups
Attirent tous les yeux, & tous les cœurs à vous.

ADNRONIC.

Non, ne balançons plus, par trop de violence;
On a pouſſé mon cœur, & laſſé ma conſtance,
Ouvrons des yeux enfin trop long-temps abuſés,
Rendons à notre tour les maux qu'on m'a cauſés.

LEONCE.

Vengez-vous, vengez-nous, nos peuples vous attendent;
Ne leur refuſez plus le bras qu'ils vous demandent.
Vous avez en vos mains le projet arrêté,
Comme un gage certain de leur fidélité.
Vous trouverez, Seigneur, des troupes toutes prêtes,
Des Soldats orgueilleux du bruit de leurs Conquêtes;

Fidéles à leur Chef, patiens à souffrir,
Et toujours résolus de vaincre ou de mourir.
Courez les commander, & tentez la fortune:
Mais surtout bannissez une crainte importune;
En livrant votre bras à ces nobles efforts,
Prenez soin de fermer votre cœur aux remords
Ne vous souvenez plus pendant votre entreprise
Si l'exacte équité la blâme, ou l'autorise.
Entrez dans la carriere, & sans vous arrêter
Au degré le plus haut, hâtez-vous de monter.
Ces scrupuleux devoirs, & ces égards séveres,
Seigneur, sont des vertus pour des hommes vulgaires.
Qui se sent un esprit prompt à s'effaroucher,
Sur les pas des Héros ne doit jamais marcher.
Les hommes destinés à gouverner la terre,
A traîner avec eux la terreur & la guerre;
Loin de porter un cœur de remords combattu
Au poids de leur grandeur mesurent leur vertu.

ANDRONIC.

Mais pour ma fuite, ami, quel parti dois-je prendre?

LEONCE.

Martian est instruit, & je cours vous attendre;
D'abord que l'Empereur congédiant sa Cour,
Se sera retiré pour attendre le jour.

Martian ſur mes pas, ſoigneux de vous conduire,
Aſſurera la fuite où votre cœur aſpire.
J'ai dans tous les chemins par où vous paſſerez
De fidéles amis, & des cœurs aſſurés,
Qui, tous brûlans pour vous d'une amitié parfaite,
Fourniront les moyens d'une prompte retraite.
Hâtez-vous donc, Seigneur, moi ſans plus différer,
A remplir vos deſirs, je vais tout préparer.

SCENE IV.

ANDRONIC, MARTIAN.

MARTIAN.

C'En eſt donc fait, Seigneur, & malgré ma priere,
Vous ſuivez les tranſports d'une aveugle colere!
Il n'eſt rien déſormais qui vous puiſſe arrêter.
Dans quels affreux périls vous courez-vous jetter?
Ignorez-vous l'abîme où ce départ vous mene?
J'en frémis, vous cherchez votre perte certaine.
Non, l'Empereur en vous ne verra plus ſon fils;
Et vous êtes perdu ſi vous êtes ſurpris.
Ne calmerez-vous point cette ardeur indiſcrete?

ANDRONIC.

Ah ! cruel, oſes- tu condamner ma retraite ?
Laiſſe, laiſſe-moi fuir ; eſt-il quelque ſéjour
Plus à craindre pour moi que cette affreuſe Cour
Je ſçais dans mon projet quels malheurs je m'ap-
prête ;
Qu'à m'éloigner ſans ordre il y va de ma tête ;
Qu'aujourd'hui découvert je périrai demain ;
Que mon ſang, que l'Etat me défendront e
vain :
Mais mon deſtin le veut, il faut que j'obéiſſe.
Hé ! que voudrois-tu donc, Martian, que je fiſſe
Peux-tu bien concevoir dans ces triſtes momens
La rigueur de mon ſort, mes craintes, mes tour-
mens ?
On me prive à jamais de tout ce que j'adore.
Je vois dans la ſplandeur deux hommes que j'ab-
horre ;
Dont l'injuſte pouvoir à me nuire obſtiné,
Me rend preſque odieux le ſang dont je ſuis né.
Malgré tant de raiſons, malgré tant de con-
trainte,
Laiſſai-je un ſeul moment échaper quelque
plainte.
J'étouffe mes ſoupirs, j'étouffe mes regrets.
Je ne punis que moi des maux que l'on m'a faits.
Et nourriſſant mon cœur de ma mélancolie,
D'un malheur éternel j'empoiſonne ma vie.

Enfin

Enfin, lassé de voir des objets si cruels,
Pour m'épargner des coups, ou des vœux criminels.
Moins soigneux de mes jours que de mon innocence,
Je demande par grace à partir de Bisance,
Et d'aller exercer mon courage & mon bras,
A soumettre, à calmer de rebelles Etats.
On me refuse encor l'emploi que je demande.
On soupçonne ma foi, je vois qu'on m'apprébende.
On m'impute à forfait le soin de m'éloigner.
On me croit dévoré de l'ardeur de régner.
Et tout prêt de tenter par un orgueil extrême,
Ce que je n'ai point fait en perdant ce que j'aime.
Sur ces fausses raisons on me retient ici.
Je vois contre mes pleurs qu'un pere est endurci.
Je vois mes ennemis triompher de ma peine.
On me lie à mes maux d'une plus forte chaîne.
On veut me voir souffrir, & mes persécuteurs
Ne seroient pas contens si je souffrois ailleurs.

MARTIAN.

Mais, Seigneur....

ANDRONIC.

Je ne puis t'écouter davantage.
Je me livre aux transports de ma secrete rage.

Plus de conſeils, il faut m'éloigner, ou périr;
Dans le champ qui m'attend je brûle de courir.
C'eſt nourrir trop long-temps une douleur timide.
Je veux que déſormais la colere me guide,
Pour faire hautement repentir l'Empereur
D'avoir traité ſon fils avec tant de rigueur.
Mais déjà dans ces lieux regne un profond ſilence.
Cours, hâte-toi, réponds à mon impatience.
Obſerve le moment où nous pourrons partir,
Et quand il ſera temps revient m'en avertir.

SCENE IV.

ANDRONIC *ſeul.*

ENFIN, dans un inſtant ma fortune cruelle
Va prendre par ma fuite une face nouvelle.
Si le Ciel favorable aux vœux que je lui fais,
Approuve ma retraite, & ſoutient mes projets.
O vous! dont ſi long-temps j'ai chéri la préſence!
Lieux à mes vœux ſi doux, ſacrés murs de Biſance!
Palais de mes ayeux où je reçus le jour!
Je me prive à jamais de votre heureux ſéjour!
Je fuis: mais en partant mon amour vous confie
Un tréſor à mes yeux bien plus cher que ma vie;

Heureux dans votre ſein de pouvoir l'enfermer.
Je l'aime, je l'adore, & ne l'oſe nommer.
Pour lui plaire, à l'envi redoublez tous vos charmes.
Voyez couler ſes jours ſans trouble, ſans allarmes;
Et le Ciel ſur moi ſeul épuiſant ſes rigueurs,
Puiſſiez-vous n'être plus les témoins de ſes pleurs.
Enfin....

SCENE V.

ANDRONIC, MARTIAN.

MARTIAN.

VENEZ, Seigneur, l'heure nous favoriſe.
Partez....

ANDRONIC.

Allons. O Ciel! conduis notre entrepriſe!
Puiſſions-nous ſans témoins abandonner ces lieux!
Mais on vient. L'Empereur ſe préſente à mes yeux.
Serois-je découvert?

SCENE VI.

L'EMPEREUR, LEON, MARCENE, ANDRONIC, MARTIAN, ASPAR, CRISPE, GELAS, GARDES.

L'EMPEREUR.

GARDES, qu'on les saisisse.

ANDRONIC.

(Il se veut tuer, on le désarme.)
Ah ! du moins par ma mort prévenons sa justice.

L'EMPEREUR.

Mais, Prince, songez-vous qu'un dessein si cruel
Vous peut faire à mes yeux passer pour crimiuel ?
On ne s'immole point quand on n'a rien à craindre.

ANDRONIC.

Puisque vous sçavez tout, qu'est-il besoin de feindre ?

Si l'on n'eût pris le ſoin de vous en avertir
M'auroit-on arrêté quand je croyois partir?
Oui, je ſuis criminel, vous connoiſſez mon crime.
Je voulois à vos coups dérober la victime;
Satisfaire à la fois mon cœur & vos ſoupçons;
Vous épargner le ſoin de chercher des raiſons,
Pour condamner un fils que vous croyez perfide,
Et ſauver à vos mains l'horreur d'un parricide.

L'EMPEREUR.

L'orgueil d'un criminel peut-il aller plus loin?
Qu'on l'ôte de mes yeux, qu'on le garde avec ſoin,
Et qu'on faſſe expirer au milieu des ſupplices
Léonce & Martian ſes malheureux complices.
Vous; Léon, hâtez-vous, & ſans perdre un moment,
Suivez le Prince; allez, cherchez exactement
Tout ce qui peut ſervir à nous prouver ſon crime,
Et rendre contre lui ma fureur légitime.

SCENE VII.

L'EMPEREUR, MARCENE, GARDES.

MARCENE.

VOus l'avez vu, Seigneur, ſans nous, ſans nos avis,
Le perfide Léonce emmenoit votre fils,
Ils s'éloignoient tous deux; & ce Palais tranquille
Sembloit leur aſſurer une fuite facile.
Mais, Seigneur, un des miens les ſuivant de plus près,
A connu leur deſſein, & vu tous leurs apprêts:
Il m'a tout dit; nos ſoins ont prévenu leur fuite,
Et de leurs attentats la déplorable ſuite.
Par là, n'en doutez point, des peuples revoltés
Les projets ſont trahis, les tranſports arrêtés.
Enfin ne craignez plus les efforts de leurs armes.

SCENE VIII.

L'EMPEREUR, IRENE, EUDOXE, NARCE'E, MARCENE, GARDES.

IRENE.

QU'AI-JE entendu, Seigneur? Quel bruit? Quelles allarmes?
Quel danger imprévu? Quel dessein odieux
Trouble votre repos, vous attire en ces lieux?
Tremblante pour vos jours, inquiéte, éperduë.
Je vous cherche, je cours, rien ne s'offre à ma vuë,
Que des pleurs, des soupirs, que des yeux consternés,
Des Soldats interdits, des Gardes étonnés,
Qui cause dans la Cour ce changement terrible.

L'EMPEREUR.

Madame, à mes périls vous êtes trop sensible.
Je les ai détournés, ne craignez rien pour moi.
Je puis punir un fils qui me manque de foi,

IRENE.

Quoi ! Seigneur....

L'EMPEREUR.

Andronic méprisant ma colere,
Couroit insolemment s'armer contre son pere ;
Et malgré ma défense abandonnant ces lieux,
Suivre des révoltés les transports furieux :
Mais le Ciel qui toujours me conduit & me guide,
A trompé les desseins de ce Prince perfide ;
Et par un juste soin qu'il répand sur les Rois,
Soumis un fils rebelle à la rigueur des loix.
Il est en mon pouvoir, & ce Prince coupable
Doit servir aux mutins d'exemple mémorable.

IRENE.

Ah ! pouvez-vous former ce funeste dessein ;
Seigneur, & seriez-vous à ce point inhumain ?

L'EMPEREUR.

Madame....

IRENE.

A cet excès pousser votre colere ;
Quelle horreur ! .... pardonnez à mon discours sincere.

Je crains pour vous, Seigneur, l'infaillible retour
Des mouvemens du ſang, des transports de l'amour,
Qui bleſſant votre cœur de mortelles atteintes,
Pour ce fils immolé vous couteroit des plaintes,
Je crains pour vous la honte, & les noms malheureux
Dont pourroit vous charger ce ſacrifice affreux.
Ces exemples fameux d'une auſtere juſtice,
Entraînent après eux un éternel ſupplice:
La haine ſe répand ſur celui qui punit;
L'amour & la pitié ſur celui qui périt;
Et qui peut ſur ſes fils porter des mains cruelles,
Semblent peu mériter qu'ils ayent été fidéles.
Peut être j'en dis trop : mais mon zele, Seigneur,
Ne tend qu'a prévenir un repentir vengeur;
Qu'à vous ſauver enfin d'une indigne mémoire.

L'EMPEREUR.

Madame, c'eſt aſſez, j'aurai ſoin de ma gloire;
Je vois ce que prétend ce zele officieux
Qui vient en ce moment d'éclater a mes yeux.
Je connois votre cœur, je ſçais tout ce qu'il penſe.
Allons, ne doutez point de ma reconnoiſſance.

SCENE IX.

MARCENE *seul.*

ENFIN, le Prince eſt près de périr aujourd'hui.
Aigrirons-nous encor l'Empereur contre lui?
Où faut-il que nos ſoins s'oppoſent à ſa perte?
Ah! prenons ſans effroi l'occaſion offerte.
Il nous a menacés, il nous perdroit un jour.
N'attendons point du ſort ce funeſte retour.

Fin du troiſieme Acte.

ACTE IV.

SCENE PREMIERE.

LEON, ASPAR.

LEON.

OUI, c'eſt vous que je cherche, & je viens vous inſtruire,
D'un ordre néceſſaire au ſalut de l'Empire;
L'Empereur à vous ſeul daigne le confier.

ASPAR.

Je ſuis prêt pour lui plaire à tout ſacrifier.
Commandez.

LEON.

L'Empereur a déjà vu la lettre,
Qu'entre les mains du Prince on a voulu remettre.
Vous ſçavez que celui qui l'avoit entrepris
S'approchoit de ces lieux quand nous l'avons ſurpris.

Cependant l'Empereur veut que ſon fils la voye :
Il vous donne ce ſoin, Aſpar, il vous l'envoye.
Faites la rendre au Prince, & trompez-le ſi bien,
Que de cet artifice, il ne ſoupçonne rien.

ASPAR.

Seigneur, repoſez-vous ſur la foi de mon zele.

LEON.

Mais ſurtout employez un Miniſtre fidéle.
Inſtruiſez-le avec ſoin quand vous le choiſirez.
Souvenez-vous enfin que vous en répondrez.
Adieu.

SCENE II.

ASPAR *ſeul.*

NE craignez rien, je vous ferai connoître
Qu'Aſpar quand il choiſit, ne choiſit point un traître.
Mais je vois Andronic ; il porte ici ſes pas.

SCENE III.

ANDRONIC, ASPAR, GARDES.

ANDRONIC.

Qu'on me laiſſe un moment, qu'on ne me trouble pas.

SCENE IV.

ANDRONIC *ſeul.*

Desseins mal concertés, malheureuſe vengeance,
Dont mon cœur abuſé gouta trop l'eſpérance.
Douces illuſions de mes eſprits charmés ;
Projets évanouis auſſi-tôt que formés ;
Ne m'entretenez plus de vos vaines chimeres ;
Et laiſſez-moi ſans vous contempler mes miſeres.
O Ciel ! dans quel état me trouvai-je réduit ?
Chacun dans mon malheur me trahit ou me fuit.
Sans amis, ſans ſecours, dans ce moment funeſte,
A quoi dois-je m'attendre ? Et quel eſpoir me reſte ?

Léonce & Martian que dejà l'Empereur
Vient de facrifier à fa prompte fureur.
De moment en moment ma garde redoublée ;
Le noir preffentiment dont mon ame eft trou-
blée :
Mille triftes objets me font imaginer
Où ces commencemens doivent fe terminer.
Oui, je n'en doute plus, on a juré ma perte ;
Puifque de mes deffeins la trame eft découverte.
Je fuis trahi, je meurs, & la rigueur du fort,
Dans les ombres du crime enveloppe ma mort.
Qu'au gré de fes tranfports l'Empereur m'en pu-
niffe :
Mais auffi, qu'il fe juge, & fe faffe juftice ;
Qu'il fonge à nos deffeins, & lequel de nous deux
Eft le plus criminel, ou le plus malheureux....
Emporté par le feu d'un imprudent courage,
Je forme un vain projet, je me livre à ma rage :
Je me rends à l'efpoir dont on me vient flatter.
Voilà tous les forfaits qu'on me peut imputer.
Mon pere.... mais, que dis-je ? il refufe de l'être.
A quelle marque enfin, puis-je le reconnoître ?
Il m'ôte ma maîtreffe, & l'Empire & le jour :
Voilà tous les préfens que m'a fait fon amour.
Ne nous efforçons point d'émouvoir fa tendreffe,
Rien ne défarmeroit fa fureur vengereffe ;
Et quand par mes efforts je pourrois l'attendrir ;
Mes jours ne valent pas qu'il m'en coute un fou-
pir.
Mais, que veut-on de moi?

SCENE V.

ANDRONIC, GELAS.

GELAS.

SEIGNEUR, c'eſt une lettre,
Qu'en ſecret dans vos mains j'ai promis de remettre.

ANDRONIC.

N'avez-vous rien à dire ? Et ne puis-je ſçavoir ?....

GELAS.

Non, Seigneur, je vous quitte, & j'ai fait mon devoir.

SCENE VI.

ANDRONIC *seul.*

EST-IL quelque remede au malheur qui m'accable ?
Le Ciel me jette-t-il un regard favorable,
Qui peut-être touché de mon ſort inhumain ?
Liſons. Je ne ſçaurois reconnoître la main.
Mais ſur ces traits à peine ai-je porté la vuë,
Que d'un trouble ſoudain mon ame s'eſt émuë ?
Je ne ſçais quel préſage, & quels ſecrets combats
Me cauſent des tranſports que je ne ſentois pas ?

(*Il lit.*)

Par un dernier effort appaiſez votre pere.
Ne ménagez plus rien, Prince, pour vous ſauver.
Aſſurez une vie à l'Etat néceſſaire,
Et ſongez qu'en mourant.... je ne puis achever.

(*Après avoir lû.*)

O bonté ſans exemple ! Adorable Princeſſe !
Quoi ! pour mes jours encor votre cœur s'intéreſſe !
Oui, je n'en doute plus, mon cœur eſt éclairci,
Et vous ſeule avez droit de me parler ainſi.

Je

Je connois votre voix, il me semble l'entendre:
A ce dernier effort aurois-je osé m'attendre?
Abandonné de tous.... Ah! Prince, trop heureux!
Par où mérites-tu des soins si généreux?
Non, ne nous plaignons plus de la rigueur d'un pere;
Quels bienfaits me vaudroient autant que sa colere?
Irene, de vos vœux, je me fais une loi:
Vous voulez que je vive; & c'est assez pour moi.
A vos moindres desirs je suis prêt à me rendre.
Mais hélas! l'Empereur voudra-t-il bien m'entendre?
N'importe; pour vous plaire, il faut tout hazarder;
Ma fierté, ma fureur à l'amour doit céder.
Resous-toi donc, mon cœur, à cette violence:
Surmonte ton orgueil, quoique sans éspérance.
Princesse, recevez ce gage de ma foi,
Comme le plus pressant d'un homme tel que moi.
Mais après cet effort craignez d'en faire d'autres;
Pour conserver mes jours n'exposez point les vôtres.
Ne tentez plus pour moi de dangereux secours,
Et laissez à mon sort son deplorable cours.
Holà, Gardes, quelqu'un.

SCENE VII.

ANDRONIC, ASPAR.

ASPAR.

SEIGNEUR, que faut-il faire ?

ANDRONIC.

Sçachez si je pourrois entretenir mon pere ?
Si suspendant le cours de son ressentiment,
Il daigneroit encor m'écouter un moment.

SCENE VIII.

ANDRONIC *seul.*

QUE vais-je faire ? O Ciel ! Quelle triste entrevuë ?
Que dire à l'Empereur ? Quelle honte à sa vuë ?
Je vais donc lâchement implorer la bonté
D'un Pere qui me traite avec indignité :
Qui ne me fit jamais ni caresse, ni grace,
Qui me hait dans le cœur, dont la froideur me glace,

Qui fermant toute entrée à l'amour paternel,
Ne voit plus dans ſon fils qu'un ſujet criminel.
Pourrai-je ſeulement ſoûtenir ſa préſence ?
Il ne me répondra qu'avec un froid ſilence.
Son frond ne m'offrira qu'un ſévere dédain ;
J'aurai le déplaiſir de m'abaiſſer en vain.
Eſt-il quelque malheur ? Eſt-il quelque ſupplice
Plus douloureux pour moi qu'un ſi dur ſacrifice ?
O rigoureuſe loi d'un aſcendant vainqueur !
Quels terribles aſſauts tu livres à mon cœur ?

SCENE IX.

ANDRONIC, ASPAR.

ASPAR.

PREPAREZ-vous, Seigneur, votre Pere s'approche.

ANDRONIC.

Dites plutôt mon Roi. Quel combat ? Quel reproche ?
Je ſens plus que jamais mon cœur ſe révolter.

SCENE X.

L'EMPEREUR, ANDRONIC, ASPAR.

L'EMPEREUR.

QU'ON nous laisse. A mes pieds viendra-t-il se jetter ?

ANDRONIC.

Par où commencerai-je ? Et qu'est-ce que j'espere ?

L'EMPEREUR.

Je sens à son aspect redoubler ma colere.

ANDRONIC.

Allons ; obéissons, & ne balançons plus.
Vous me voyez, Seigneur, interdit & confus....

L'EMPEREUR.

Qu'attendez-vous de moi ? Prince, quelle espérance
Vous a fait en ces lieux souhaiter ma présence ?

ANDRONIC.

Ah ! loin de m'accabler, Seigneur, rassurez-moi ;
Mes esprits sont saisis & de trouble & d'effroi.
Mon courage abattu, succombe à ma tristesse.

L'EMPEREUR.

Un cœur comme le vôtre, a-t-il tant de foiblesse ?

ANDRONIC.

Souvenez-vous, Seigneur, que je suis votre fils.

L'EMPEREUR.

Et le plus dangereux de tous mes ennemis.

ANDRONIC.

Le croyez-vous, Seigneur ? Ah ! Ciel ! qu'osez-vous dire ?

L'EMPEREUR.

Ce qu'un juste couroux, & la raison m'inspire.

ANDRONIC.

Que je suis malheureux !

L'EMPEREUR.

Bien moins que criminel.

ANDRONIC.

Ne quitterez-vous point ce ſentiment cruel ?
Serez-vous pour un fils inflexible & ſévere ?

L'EMPEREUR.

Avez-vous donc été plus tendre pour un pere ?

ANDRONIC.

Hé quoi ! c'en eſt donc fait ? Il ne m'eſt plus permis,
Seigneur, de me donner le nom de votre fils.
Et cependant, hélas ! dans ce moment funeſte,
Ce nom de tous mes biens eſt le ſeul qui me reſte.
Oui, Seigneur, je n'oppoſe à ce juſte courroux,
Que ce ſang, que ces traits que j'ai reçus de vous.
J'oſe dans votre cœur avec cette défenſe,
Me promettre toujours un reſte d'innocence.

L'EMPEREUR.

C'eſt-là ce qui vous rend plus coupable à mes yeux :
Vous joignez à ce nom des noms trop odieux ;

Ingrat ! & ſans frémir, je ne puis reconnoître
Mon ſang dans un rebelle, & mon fils dans un traître.

ANDRONIC.

Seigneur ....

L'EMPEREUR.

Ce ne ſont plus maintenant des ſoupçons ;
Nous avons découvert toutes vos trahiſons.
Allez, Prince, marchez où l'honneur vous convie ;
Soulevez contre moi toute la Bulgarie.
Dans ces nobles emplois ſignalez votre bras.
D'autres crimes encore ....

ANDRONIC.

Ah ! ne le croyez pas ;
Ne me reprochez point un crime imaginaire.

L'EMPEREUR.

Quoi ! ſe rendre le Chef d'un peuple téméraire ;
Traiter ſecretement avec des revoltés.
Sont-ce là, dites-moi, des crimes inventés ?
Que ne puis-je douter de ton ingratitude ?
S'il m'en reſtoit encor la moindre incertitude ;
Bientôt en ta faveur je ſçaurois m'abuſer,
Et je te défendrois au lieu de t'accuſer.

Mais de ta propre main j'ai vu le ſeing parjure ;
Et mes yeux dans mon cœur font taire la nature.
A quoi tendroient enfin ces perfides traités ;
Ces aziles offerts, ces ſecours acceptés ;
Ces ſermens mutuels, cette coupable ligue,
Qu'au Trône où dès long-temps un pere te fatigue ?
Réponds moi, ſi tu peux ? As-tu quelques raiſons ?
Ou plutôt, ſont-ce là toutes tes trahiſons ?
Parle ? Ton embarras ſuffit pour te confondre.

ANDRONIC.

Non, Seigneur, je ne puis, ou n'oſe vous répondre :
Je ſuis moins criminel que je ne le parois,
Et vous ne ſçavez pas encor tous mes ſecrets.

L'EMPEREUR.

Quoi !

ANDRONIC.

De vos favoris la farouche conduite
Pourroit iuſtifier le deſſein de ma fuite ;
Sous le joug importun de leurs ſéveres loix.
Les cœurs les plus ſoumis murmurent quelquefois,
Et l'on doit imputer dans un jeune courage,
De tels égaremens aux foibleſſe de l'âge.

Mais

Mais je ne veux devoir ma défenſe qu'à vous :
Souffrez que je me jette encore à vos genoux.
Votre ame en ma faveur n'eſt-elle point émuë ?
Quoi ! loin de m'écouter vous détournez la vuë ?
Votre cœur ſe refuſe aux tendres mouvemens,
Qui devroient le ſaiſir dans ces triſtes momens ?
Regardez-moi, Seigneur, avec des yeux de pere.
Mais, hélas ! je ne fais qu'aigrir votre colere.

L'EMPEREUR.

Prince, n'avez-vous rien à me dire de plus ?

ANDRONIC.

Non, d'en avoir tant dit je ſuis même confus.
Ah ! ce n'eſt point l'horreur du coup qui me menace,
Qui m'a fait mandier une honteuſe grace ;
Et mon cœur en effet n'attendoit pas de vous,
Après tant de rigueurs un traitement plus doux.
Je ſçais trop que pour moi vous êtes inſenſible,
Et la mort à mes yeux n'offre rien de terrible :
Si l'on ne m'eût contraint à cet indigne effort....

L'EMPEREUR.

C'eſt aſſez, je t'entends.

ANDRONIC.

Ordonnez de mon ſort.

Hâtez le coup fatal d'une lente justice :
La vie est désormais mon plus cruel supplice ;
Et je mourrois bientôt de honte & de regret,
De m'être à vos genoux abaissé sans effet.

SCENE XI.

L'EMPEREUR *seul.*

O Ciel ! jusqu'où l'emporte une aveugle insolence ?
C'est trop en sa faveur me faire violence :
Si l'on ne l'eût contraint à cet indigne effort,
Dit-il, ... Ah ! ce mot seul décide de sa mort.
Je suis trop éclairci, l'Imperatrice l'aime.
Non, non, ce ne peut être une autre qu'elle-même :
Irene a fait tracer cet odieux écrit,
Qui d'un trouble fatal a rempli mon esprit.
Tremblante pour ses jours, à tous mes vœux contraire ;
Elle a tout hazardé pour ce fils téméraire :
Je n'en puis plus douter, le traître s'est trahi ;
A d'autres loix enfin, auroit-il obéi ?
Et n'eût été l'espoir de plaire à ce qu'il aime ;
Se fût-il jamais fait cet effort sur lui-même ?
De quel air l'insolent s'est-il humilié ?
Il excitoit ma haine au lieu de ma pitié.

J'ai vu jusqu'à mes pieds ce superbe courage ;
De ses respects forcés désavouer l'hommage ;
Il n'a pu soutenir un repentir trompeur,
Et sa bouche a trahi la fierté de son cœur.
Dans quel temps ? Au moment que malgré ma colere,
Le traître me faisoit sentir que j'étois pere ;
Que toute ma fureur m'alloit abandonner.
Que sçais-je ? Quand mon cœur eût pû lui pardonner ;
Que cette lettre entr'eux marque d'intelligence ;
Vous n'abuserez plus de mon trop d'indulgence.
Traîtres : Mais par quel charme ont-ils pu m'éblouir ?
Comment ont-ils osé songer à me trahir ?
Moi, qui par tant de soins & de persévérence,
De pénétrer les cœurs possède la science ;
Qui, par l'art que j'emploie à cacher mes projets,
Connois tous les chemins, tous les détours secrets,
Qui, par ma politique & mon adresse à feindre,
Force tous mes voisins, tous les Rois à me craindre.
Dans mon propre Palais, au milieu de ma Cour,
Je me vois le jouet d'un téméraire amour.
Deux perfides sans art, & sans expérience,
Aveuglant ma raison, & trompant ma prudence,
Démentent par des feux mortels à mon honneur,
Tout ce que l'Univers publie en ma faveur.

Hélas ! ils m'abusoient sans peine & sans étude ;
Je n'avois de leur part aucune inquiétude :
Mon cœur de noirs soupçons n'étoit point combattu,
Et dormoit sur la foi de leur fausse vertu.
O malheureux époux ! ô déplorable pere !
Où dois-tu t'arrêter ? Où porter ta colere ?
Leur juste châtiment ne peut être trop prompt,
Dans leur perfide sang étouffons cet affront :
Mais surtout ménageons leur mort avec prudence :
Par des chemins divers achevons ma vengeance.
Prévenons pour ma gloire un dangereux éclat,
Condamnons Andronic en criminel d'Etat.
Par un effort secret perdons l'Imperatrice ;
Et cachons à la fois son crime, & son supplice.

Fin du quatrieme Acte.

ACTE V.

SCENE PREMIERE.

ANDRONIC *seul.*

SERAI-je encor long-temps dans cet état cruel ?
Pourquoi laisse-t-on vivre un Prince criminel ?
Cette lenteur funeste, & cette incertitude
M'ont déjà fait souffrir un supplice trop rude ;
Chaque instant qu'on ajoute à mes jours malheureux,
Ne sert qu'à redoubler l'horreur que j'ai pour eux.
Viendra-t-on ? L'Empereur après notre entrevuë,
Peut-il laisser encor ma perte suspenduë ?
Si par mes attentats il se croit outragé ;
Ma honte & mon dépit ne l'ont que trop vengé.
Que je souffre ! Je cede à mon impatience.
Ciel ! qui vois mes combats redouble ma constance,

Je ne puis résister à tout ce que je sens :
Mais enfin, voici l'ordre, & la mort que j'attends.

SCENE II.

ANDRONIC, ASPAR, GELAS, CRISPE.

ASPAR.

SEIGNEUR...

ANDRONIC.

Je vous entends : on veut que je périsse.
Allons donc.

ASPAR.

Vous pouvez choisir votre supplice.
L'Empereur le permet.

ANDRONIC.

Sa bonté me surprend,
Je le croyois moins tendre, & mon crime trop grand.
Je n'abuserai point enfin de cette grace,
Et le coup de bien près va suivre la menace.

Qu'on me prépare un bain : quand il faudra partir,
Vous me trouverez prêt ; revenez m'avertir.

SCENE III.

ANDRONIC, GELAS, CRISPE.

ANDRONIC.

MAIS, hélas ! quel transport ? Quel mouvement me presse ?
Que l'on me donne un siége. * Il suffit, qu'on me laisse.
Sortez donc. A mes yeux n'offrez point vos douleurs.
Que servent à mes maux les soupirs, & les pleurs ?

* *Crispe lui donne un siége.*

SCENE IV.

ANDRONIC *seul.*

IL est temps de s'armer d'une noble constance ;
Où se termine, hélas ! toute mon espérance ?
Sorti du plus beau sang qu'adore l'Univers ;
Maître dès le berceau de cent Peuples divers.
Quand je crois m'affranchir de l'affreux esclavage,
Dont le joug si long-temps fit gémir mon courage ;
Quand les biens, les honneurs, la gloire, les plaisirs,
Devoient s'offrir en foule à mes premiers desirs :
Je péris, & j'entends pour comble de misere,
Mon arrêt prononcé par la bouche d'un pere.
Mais quoi ? toujours en proie à la rigueur du sort,
Je ne puis de mes maux sortir que par ma mort.
Il est à mon repos un si puissant obstacle,
Qu'en ma faveur le Ciel ne peut faire un miracle :
Et tant que je vivrois, brûlé des mêmes feux,
Je serois criminel, ou serois malheureux.
Furieux sans effet, Amant sans espérance ;
Contraint dans mon amour, contraint dans ma vengeance :

Pénétré de tendresse, agité de courroux,
Sans oser signaler ni mes vœux, ni mes coups.
Ah! le Ciel me devoit être un peut moins contraire;
Laisser libre du moins ma flâme, ou ma colere;
M'offrir un cœur pour qui tout le mien put brûler,
Ou le sang d'un Rival que je pusse immoler.
Enfin, dans ces combats je ne sçaurois plus vivre;
Et je dois rendre grace au coup qui m'en délivre.
Oui, je suis résolu. Mais, que deviendrez-vous
Irene? De mon Pere évitez le courroux.
Ma mort vous coûtera de dangereuses larmes,
L'Empereur en prendra de terribles allarmes?
Et que sçais-je? Peut-être en ce moment fatal,
Il me condamne moins en Pere qu'en Rival.
Ah! penser accablant où mon cœur s'abandonne.
Quel péril pour Irene? O Ciel! s'il la soupçonne!
Princesse, que je crains que ses terribles coups,
Après m'avoir frappé ne s'étendent sur vous?
Voilà ce qui m'étonne, & non pas mon supplice:
Mais je touche au moment du fatal sacrifice.
Ciel! je t'offre ma mort; appaise ta rigueur:
Puisse-tu loin de moi porter ton bras vengeur!
Contre un barbare époux protége l'innocence;
Ne te lasse jamais d'embrasser sa défense,

SCENE V.

ANDRONIC, ASPAR, GELAS.

ANDRONIC.

POURQUOI me montrez-vous un viſage interdit ?
Avez-vous fait, Aſpar, ce que je vous ai dit ?

ASPAR.

Oui, Seigneur, tout eſt prêt. Je frémis de le dire.

ANDRONIC.

Tout eſt prêt. Allons donc.

ASPAR.

O vertu que j'admire !
Gelas, menez le Prince.

SCENE VI.

ASPAR *seul.*

Ah ! dans son triste sort,
Je lui cache des maux plus cruel que sa mort.
Sinistre événement : Exemple redoutable !
O perte pour l'Empire à jamais déplorable !
De quels coups après toi sommes-nous menacés ?

SCENE VII.

IRENE, NARCE'E, ASPAR.

IRENE.

Non, je ne puis me rendre à tes soins empressés.
Je veux voir Andronic en ce moment funeste ;
Narcée, & lui donner tout le temps qui me reste.
Que fait le Prince, Aspar ? L'apprendrai-je à mon tour ?

ASPAR.

Madame...

IRENE.

Expliquez-vous. Parlez-moi ſans détour.

ASPAR.

Auprès de l'Empereur un ordre exprès m'attire.
Vous ſçaurez tout.

IRENE.

Allez. Prenez ſoin de lui dire
Que je ſuis en ces lieux : enfin, que je l'attends.
Prête à lui révéler des ſecrets importans.

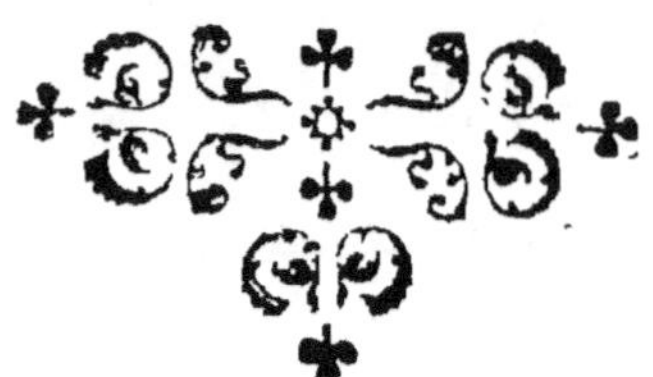

SCENE VIII.

IRENE, NARCE'E.

NARCE'E

MAIS que prétendez-vous ? Et qu'eſt-ce
que vous faites ?
Madame, ſongez-vous à l'état où vous êtes ?
Hélas ! que je vous plains ! Mon cœur ſaiſi d'ef-
froi
Regarde votre ſort....

SCENE IX.

IRENE, EUDOXE, NARCE'E.

EUDOXE.

CIEL ! qu'eſt-ce que je voi ?
Quel eſt votre deſſein ? Vous m'avez donc trompée ?
Quoi ! Madame, à mes bras n'êtes-vous écha-
pée

Que pour courir ici par d'indignes douleurs,
Montrer que vous avez mérité vos malheurs ?
Quel succès de mes soins ? Ah ! l'aurois-je pû croire
Que vous eussiez si mal ménagé votre gloire ?
Que dira l'avenir ; tout l'Empire, un Epoux ?

IRENE.

O Ciel ! pour ces conseils quel temps choisissez-vous ?
Hélas ! en ma faveur soyez plus indulgente.
Je vais mourir, Eudoxe, & mourir innocente.
Vous m'avez vu toujours si soumise à vos loix,
Qu'il doit m'être permis d'y manquer une fois.
Calmez votre courroux, étouffez vos reproches ;
Je commence à sentir les fatales approches.
Voilà le prompt effet du breuvage mortel
Qui consomme l'horreur de mon destin cruel.
Vos yeux en sont témoins, avec quelle industrie
Les traîtres ont voulu me cacher leur furie ?
Mais tous leurs soins n'ont pû m'abuser un moment ;
Et ma main & ma bouche ont pris avidemment
Le vase criminel & la liqueur funeste,
Qui de mes tristes jours va consommer le reste.

EUDOXE.

Ah ! quittez ce dessein, & cherchez du secours,

IRENE.

Voulez-vous de mes maux éterniser le cours ?
Non, non, qu'à l'Empereur je serve de victime ;
Il croit son fils & moi noircis du méme crime.
Ah ! courons le chercher, il est près de ces lieux :
Venez mêler vos pleurs à nos tristes adieux.
Que les derniers regards de ce Prince fidelle,
Lui fassent voir l'excès de ma douleur mortelle.
Qu'avant que d'expirer, il apprenne aujourd'hui
Qu'Irene un seul moment ne vit plus après lui.
Que d'un joug importun mon ame dégagée,
Se montre toute entiere à la sienne affligée.
Qu'au même instant la mort brisant les mêmes nœuds ;
Nos esprits en sortant se rencontrent tous deux ;
Que renduë à celui pour qui seul j'étois née ;
J'accomplisse à la fin toute ma destinée.

SCENE X.

IRENE, EUDOXE, NARCE'E, GELAS.

GELAS.

MADAME où courez-vous? Et qu'allez-vous chercher?
Ah! plutôt de ces lieux, il faut vous arracher.
Évitez un objet qui déchire mon ame.

IRENE.

Andronic est donc mort?

GELAS.

Il ne vit plus, Madame.
Je viens en ce moment de le voir expirer;
Dans le bain que lui-même avoit fait préparer.

IRENE.

Soutenez-moi. Je cede après ce coup funeste:
Et vous, du sort du Prince, apprenez-moi le reste.

GELAS.

GELAS.

Sans se plaindre un moment de son sort inhumain.
Il nous suit. Sans frémir il entre dans le bain ;
Offre ses bras lui-même, en fait couper les veines.
Montre un cœur insensible au milieu de ses peines,
Et des flots de son sang qui coule à gros ruisseaux.
Bientôt du bain fatal il voit rougir les eaux.
Cependant il pâlit, & ses yeux s'obscurcissent :
De moment en moment ses esprits s'affoiblissent,
Son ame avec son sang trop prompt à s'écouler,
Court au terme fatal . . .

IRENE.

Je me sens accabler.
Donnez un peu de temps à mon ame abbatuë.
C'est assez. Achevez un discours qui me tuë.

GELAS.

Il leve au Ciel les yeux pour la derniere fois,
Et prononce ces mots d'une mourante voix.
O mort ! des malheureux unique & sûr azile.
Je verrois ton approche avec un œil tranquile.
Si du courroux vengeur dont je subis la loi.
La rigueur aujourd'hui ne tomboit que sur moi.

Je crains.... En cet instant son ame s'est émuë;
Il promene partout une inquiéte vuë.
Pere cruel, dit-il, d'un fils infortuné,
Je te rends tout le sang que tu m'avois donné:
N'en cherche point ailleurs pour assouvir ta rage:
Alors de la parole il perd presque l'usage:
Il ne garde plus d'ordre en ses discours confus;
Ce ne sont que des mots toujours interrompus:
Son esprit se confond, le trouble s'en empare;
En de vagues projets il s'emporte, il s'égare,
Il adresse sa voix, à vous, à l'Empereur;
Paroît tantôt tranquile, & tantôt en fureur.
Enfin, son sang s'épuise, & sa force succombe:
Sa tête sur son sein panche, chancele, tombe.
Il meurt: & tout son corps sanglant, pâle, glacé,
Ne nous en offre plus qu'un portrait effacé.
Pour moi, le cœur percé de cette affreuse image;
De ses persécuteurs je déteste la rage;
Et craignant qu'on me fasse un crime de mes pleurs,
Je vais en d'autres lieux renfermer mes douleurs.

SCENE XI.

IRENE, EUDOXE, NARCE'E.

IRENE.

C'EN est fait, à ses yeux la lumiere est ravie.
Eclatez mes soupirs, sa mort vous justifie.

EUDOXE.

Quoi donc ?....

IRENE.

Regrets, transports jusqu'ici retenus.
Paroissez, il est temps, je ne vous contrains plus.
Il est mort ! Ciel ! quel sang a-t-on osé répandre ?
Reçois du moins les pleurs que je donne à ta cendre.
Cher Prince, vois Irene au bruit de ton malheur,
Ne ménager plus rien, expirer de douleur.
Mais, hélas ! du poison l'atteinte se redouble.
Je sens croître à la fois ma foiblesse & mon trouble;
Et le mortel venin par un injuste effort,
Ravit à ma douleur la gloire de ma mort.

Non, non, je me trompois, ils agissent ensemble,
Tous deux en même-temps... L'Empereur vient, Je tremble.
Ma peine à son aspect vient de se redoubler.

SCENE DERNIERE.

L'EMPEREUR, IRENE, EUDOXE, NARCE'E.

IRENE.

SEIGNEUR, avant ma mort j'ai voulu vous parler:
Andronic est puni, je meurs empoisonnée,
Vous l'avez soupçonné, vous m'avez soupçonnée.
Une lettre aujourd'hui tombée en votre main,
A sans doute achevé notre sort inhumain.
Elle venoit de moi. Je pourrois vous le taire,
Puisque les traits étoient d'une main étrangere.
Sans honte je l'avouë. Hé! pourquoi le cacher?
C'est le seul attentat qu'on me peut reprocher.
J'en atteste le Ciel; ce Ciel dont la puissance,
Au poids de nos vertus punit ou récompense;
Ni votre fils, ni moi, jusqu'au dernier soupir,
N'avons jamais formé de criminel desir,

Il partoit pour me fuir. A mon devoir fidelle
Mon cœur lui prescrivoit une absence éternelle.
C'est dans ce même-temps qu'un sacrifice affreux,
A vos tristes soupçons nous immole tous deux.
Ce jour à nos neveux va fournir une histoire,
Un exemple d'horreur qu'ils auront peine à croire.
Je ne vous dis plus rien. J'ai consommé mon sort,
Je passe sans regret dans les bras de la mort;
Puisqu'elle rompt les nœuds de l'hymen qui nous lie.
Eudoxe, ménageons cet instant de ma vie.
Otez-moi de ces lieux; & que je puisse au moins
N'avoir en expirant que vos yeux pour témoins.

L'EMPEREUR.

Qu'entends-je? Quel effroi? Quelle pitié soudaine
S'empare de mon cœur, m'épouvante, & me gêne?
Etoient-ils innocens ou coupables tous deux?
Je ne sçais. Mais, hélas! que je suis malheureux.

Fin du Tome premier.

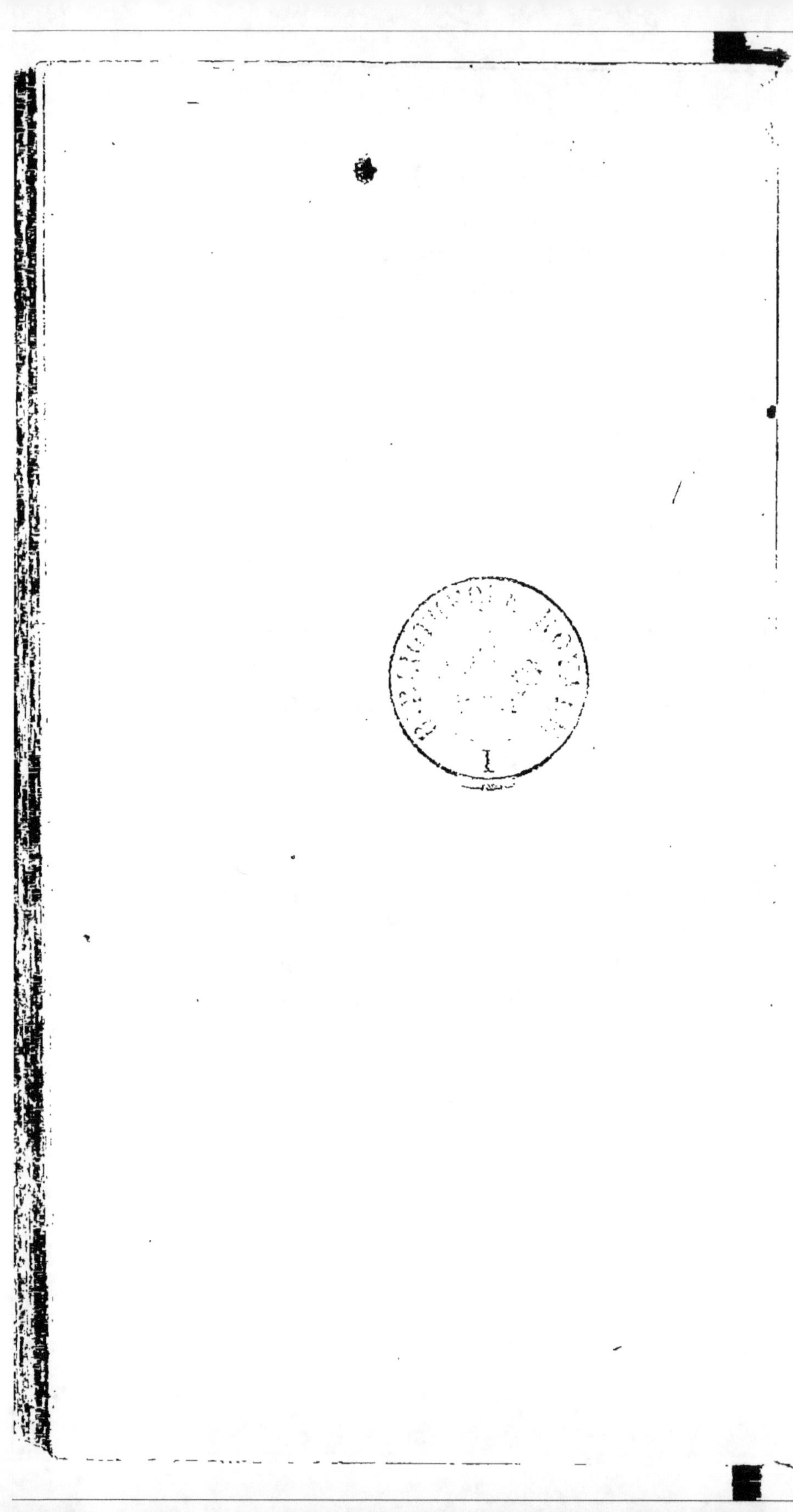

www.ingramcontent.com/pod-product-compliance
Lightning Source LLC
Chambersburg PA
CBHW050318030726
47505CB00003B/764

* 9 7 8 2 0 1 9 5 5 5 9 4 8 *